新・浪人若さま
新見左近【十五】
公方の宝

佐々木裕一

JN053327

双葉文庫

目次

主な登場人物

新見左近《にいみさこん》――浪人新見左近を名乗り市中に出るが、その正体は甲府《こうふ》藩主徳川綱豊《とくがわつなとよ》。たびたび市中に繰り出しては、秘剣葵一刀流《あおいいっとうりゅう》でさまざまな悪を成敗しつつ、自由な日々を送っていた。五代将軍綱吉《つなよし》たっての願いで仮の世継ぎとして西ノ丸《にしのまる》に入ってからは平穏な日々を過ごしていたが、京にいるはずのお琴《こと》の身に危難が訪れたことを知り、ふたたび市中へくだる。晴れて西ノ丸から解放され、桜田《さくらだ》の甲府藩邸に戻る。

お峰《みね》――実家の旗本三島《みしま》家が絶《た》えたため、母方の伯父《おじ》である岩城雪斎《いわきせっさい》の養女となっていた、左近の亡き許嫁《いいなずけ》。妹のお琴の行く末を左近に託す。

お琴《こと》――お峰の妹で、左近の想い人。小間物問屋、中屋《なかや》の京の出店をまかされ江戸を離れていたが、店を焼かれたため江戸に逃れ身を潜《ひそ》めていた。貴船屋《きぶねや》の事件解決後、左近と無事再会を果たし、三島《みしま》町《ちょう》で小間物屋の三島屋《みしまや》を再開している。

みさえ――病で亡くなった友人のおかえから託されたお琴の養女。お琴と共に三島屋で暮らす。

権八《ごんぱち》――およねの亭主で、腕のいい大工。女房のおよねともども、お琴について京に行っていた。江戸に戻ってからは大工の棟梁《とうりょう》となり、三島屋裏の鉄瓶長屋《てつびんながや》で暮らしている。

およね――権八の女房で三島屋で働いている。よき理解者として、お琴を支えている。

吉田小五郎《よしだこごろう》――甲州《こうしゅう》忍者を束《たば》ねる頭目《とうもく》で、左近の警固《けいご》役。幼《おさな》い頃から左近に仕《つか》え、全幅《ぜんぷく》の信頼を寄せられている。三島町で再開した三島屋の隣で煮売り屋をふたたびはじめ、配下のかえでと共にお琴の身を警固する。

かえで――小五郎配下の甲州忍者。小五郎と共に左近を助け、煮売り屋では小五郎の女房だと称している。

間部詮房《まなべあきふさ》――左近の養父で甲府藩家老の新《にい》見正信《みまさのぶ》が、左近の右腕とするべく見出《みいだ》した俊英《しゅんえい》。左近が絶大な信頼を寄せる、側近中の側近。

岩城泰徳《いわきやすのり》――お峰とお琴の義理の兄で、本《ほん》所石原町《じょいしわらちょう》にある甲斐無限流《かいむげんりゅう》岩城道場の当主。父雪斎が左近の養父新見正信と剣友で、左近とは幼い頃からの親友。妻のお滝《たき》には頭が上がらぬ恐妻家だが、念願の子を授かり、雪松《ゆきまつ》と名づけた。

岩倉具家《いわくらともいえ》――京の公家の養子となるも、密《ひそ》かに徳川家光《いえみつ》の血を引いており、将軍になる野望を持っていたが、左近の人物を見込み交誼《こうぎ》を結ぶ。鬼法眼《きほうがん》流《りゅう》の遣《つか》い手《て》で、京でお琴たちを守っていたが、修行の旅を経《へ》て江戸に戻ってきた。市田実清《いちださねきよ》の娘光代《みつよ》を娶《めと》る。

西川東洋《にしかわとうよう》――上野北大門町《うえのきただいもんちょう》に診療所を開く、甲府藩の御殿医《ごてんい》。一時、診療所を弟子の木田正才《きだしょうさい》と女中のおたえにまかせ、七軒町《しちけんちょう》に越していたが、ふたたび北大門町に戻り、三人で暮らしている。

篠田山城守政頼《しのだやましろのかみまさより》――左近が西ノ丸に入る際に、綱吉が監視役として送り込んだ附家老《つけがろう》。通称は又兵衛《またべえ》。元は直参《じきさん》旗本で、左近のもとに来るまでは、五年にわたって大目付《おおめつけ》の任に就いていた。

おこん――西川東洋の友人の医師、太田《おおた》宗庵《そうあん》の娘。嫁入り前の武家奉公のため、甲府藩の桜田屋敷に入り、奥御殿女中を務めている。

皐月《さつき》――間部の遠縁で、奥御殿女中の指導役。おこんたちを厳しくも温かく見守っている。

新井白石《あらいはくせき》――左近を名君に仕立て上げるべく、又兵衛が招聘《しょうへい》を強くすすめた儒学者《じゅがくしゃ》。本所で私塾を開いており、左近も通っている。

徳川綱吉《とくがわつなよし》――徳川幕府第五代将軍。四代将軍家綱《いえつな》の弟で、甥《おい》の綱豊（左近）との後継争いの末、将軍の座に収まる。だが、自身も世継ぎに恵まれず、その座をめぐり、娘の鶴姫《つるひめ》に暗殺の魔の手が伸びることを恐れ、綱豊に、世間を欺《あざむ》く仮の世継ぎとして、西ノ丸に入ることを命じた。

柳沢吉保《やなぎさわよしやす》――綱吉の側近。大変な切れ者で、綱吉の覚えめでたく、老中上座に任ぜられ、権勢を誇《ほこ》っている。綱吉から一字を賜《たまわ》り、保明《やすあき》から改名。

徳《とく》川《がわ》家《いえ》宣《のぶ》

江戸幕府第六代将軍

寛《かん》文《ぶん》二年（一六六二）〜正《しょう》徳《とく》二年（一七一二）

寛文二年（一六六二）四月、四代将軍徳川家綱《いえつな》の弟で、甲府《こうふ》藩主徳川綱重《つなしげ》の子として生まれる。綱重が正室を娶《めと》る前の誕生であったため、家臣新見正信《にいみまさのぶ》のもとで育てられる。

寛文十年（一六七〇）、九歳のときに認知され、綱重の嗣子《しし》となり、元服後、綱豊《つなとよ》と名乗る。延《えん》宝《ぽう》六年（一六七八）の父綱重の逝去《せいきょ》を受け、十七歳で甲府藩主となる。将軍家綱が亡くなった際には、世継ぎとして候補に名があがったが、将軍の座には、叔父《おじ》の綱吉《つなよし》が就《つ》いた。

五代将軍綱吉も、嫡男《ちゃくなん》の早世《そうせい》や、長女鶴姫《つるひめ》の婿《むこ》である紀州《きしゅう》藩主徳川綱教《つなのり》の死去等で世継ぎに恵まれなかったため、宝永《ほうえい》元年（一七〇四）、綱豊が四十三歳のときに養嗣子となり、江戸城西ノ丸《にしのまる》に入り、名も家宣と改める。宝永六年（一七〇九）の綱吉の逝去にともない、四十八歳で第六代将軍に就任する。

将軍就任後は、生類憐《しょうるいあわれ》みの令をはじめとした、前政権で不評だった政策を次々と撤廃《てっぱい》。間部詮《まなべあき》房《ふさ》を側用人《そばようにん》として重用し、新井白石《あらいはくせき》の案を採用するなど、困窮《こんきゅう》にあえぐ庶民のため、政治の刷新をはかり、万民に歓迎される。正徳二年（一七一二）、五十一歳で亡くなったため、治世《ちせい》は三年あまりとごく短いものであったが、徳川将軍十五代の中でも一、二を争う名君であったと評されている。

新・浪人若さま　新見左近【十五】

公方《くぼう》の宝

第一話　消えたお救《すく》い米《まい》

一

元禄《げんろく》十六年（一七〇三）十一月二十三日の深夜に起きた大地震の傷痕《きずあと》は、年が明けた江戸でもまだ目立っている。

相模《さがみ》一帯にくらべれば被害は少なかったものの、家屋《かおく》の倒壊《とうかい》や火災があり、大切な家族や家を失った者たちは大勢いた。

甲府《こうふ》藩邸も、夏から続いていた御殿の修復が途中であったが、地震の影響で傷ついていた。

新見左近《にいみさこん》は坂手文左衛門《さかてぶんざえもん》に命じて、御殿よりも藩士たちが暮らす長屋や家の再建を急がせ、年が明けてようやく、落ち着きを取り戻していた。

さらに左近は、家を失った新井白石《あらいはくせき》のために、本所石原町《ほんじょいしわらちょう》の岩城《いわき》道場の近くにある空き家を手に入れて与えていた。

いっぽう、神田橋御門外《かんだばしごもんがい》にある篠田山城守政頼《しのだやましろのかみまさより》こと又兵衛《またべえ》の本宅などは地盤が固かったため被害が少なく、そうでない土地、特に海を埋めて築いた土地は、地面から水が出て泥《どろ》になるなど被害が大きかった。

また、地震が起きた直後は、混乱に乗じて盗みを働く輩《やから》も大勢いた。町奉行所や町役人《ちょうやくにん》たちの奮闘により盗《ぬす》っ人《と》の被害に遭《あ》う者も減りつつあるが、まだ油断はできない状況だ。

そんな中、左近は新たな問題にこころを痛めていた。

何十万人もの民が暮らす江戸市中で品物が不足し、物価の高騰《こうとう》がはじまっていたからだ。

ある晴れた日、久しぶりに藩邸を出た左近は、藤色の着物を着流した浪人の身なりで町中を歩き、地震の傷痕が残る芝口《しばぐち》を見て回っていた。

埋め立てた土地は地盤が弱く、地震直後は多くの商家が傾《かたむ》き、あるいは崩れてしまった家もあった。

今は、がれきは取り除かれ、傾いていた商家は崩され、新築普請《ふしん》がはじまっている。

天下泰平の世といえども、江戸城下が荒れたままでは軍事的な隙《すき》ができ、諸大名に対する体裁《ていさい》も悪いという声が幕閣の中で高まったことで、城下の復興が最優先とされたのだ。

そのため、江戸だけでなく、近郊から集められた大工や職人たちで活気づく町は、地震の前よりも道が広くされ、新たな姿に変わろうとしている。

不死鳥《ふしちょう》のごとく生き返ろうとしている町の様子を見ていた左近は、被害が大きかった相模も、同じように復興しているのを願わずにはいられない。

新しい町並みを見ながら歩みを進めた左近は、お琴《こと》の店に向かった。

三島屋《みしまや》がある三島町《みしまちょう》は海が近く、土地が泥と化して傾く家もあったが、幸い倒壊したところはない。

お琴と小五郎《こごろう》の店は、土壁が落ちたものの、柱が傾くこともなく無事だった。

「お上は、新しい建物はなるべく引き倒せるようにしろと言いますがね、お琴ちゃんと小五郎さんの店は古くて頑丈だったのが幸いして、無事だったんですよ」

大工の権八《ごんぱち》は、小五郎にそう告げたという。

当の本人が暮らす長屋はというと、造りが脆弱《ぜいじゃく》なため倒壊したところもあり、権八の部屋がある建物は大きく傾いてしまい、建てなおしが必要だ。そのため、今夫婦は、小五郎の店に身を寄せている。

裏からお琴の家に入った左近は、店を手伝う養女のみさえとおよねの声を聞きながら、部屋でくつろいだ。

茶を持ってきたお琴と縁側に並んで座り、左近は顔を見て問う。

「客が戻ったようだな」

お琴は微笑《ほほえ》んだ。

「皆さん大変でしょうけど、足を運んでくださいます」

「おなごたちが身だしなみを気にする余裕が出てきたのは、よいことだ。長屋の普請が進んでおらぬようだが」

「権八さんは、お武家様の屋敷普請で手が回らないようです」

「民が暮らす家も急がねばならぬが、人手が回らぬか。権八夫婦はまだよいとしても、他の住人たちは困っておろう」

「皆さん近くの寺に身を寄せて、今は落ち着いてらっしゃるようです」

「そうか。とはいえ、不便であろう」

そこへおよねが来た。

「あら左近様、お久しぶりです」

左近は微笑んだ。

「元気そうで何よりだ」

「おかげさまで、少し痩《や》せましたから」

腹をぽんとたたいてみせたおよねが、豪快に笑って問う。

「今日はお泊まりになられるのでしょう」

「そのつもりだ」

「うちの人も喜びます。おかみさん、夕餉《ゆうげ》の支度にかかりますね」

応じたお琴が、店に戻った。

日が暮れて戻った権八が、裏庭から来て左近を見ると、破顔一笑《はがんいっしょう》して上がってきた。

「旦那が来られていると小五郎さんから聞いて、飛んできやした。一杯やりやしょう」

手にぶら下げていた酒徳利《さかどくり》を見せる権八に、左近は笑って応じる。

およねがちろりで熱燗《あつかん》にしてくれたのを持ってきた権八は、左近に酌《しゃく》をし、自分は手酌《てじゃく》をして口に運ぶ。

「かあっ、仕事のあとの一杯はうめえや」

「今はどの家に通っておるのだ」

「すぐ近くの、小田原藩《おだわらはん》のお屋敷です。ご家来がおっしゃるには、国許《くにもと》の被害も大きかったようですが、江戸のお屋敷も場所が悪かったのか、御殿が潰れてしまい、気の毒なことに大勢のご家来が命を落とされておりやす。殿様は殊勝《しゅしょう》なお方で、御殿よりも先に、ご家来の長屋を建てなおすよう命じられ、請け負ったあっしが、大工を集めて大急ぎでやっているというわけです」

「そうか」

藩主大久保忠増《おおくぼただます》は優秀な人物で、左近もよく知っている。

今頃は領地の復興に尽力しているはず。その心労は大きかろうと案じる左近は、口に含んだ酒が苦く感じて、唇《くちびる》を引き結んだ。

鯖《さば》の煮付けに、里芋《さといも》や蓮根《れんこん》の煮物などが並ぶと、権八は嬉しそうに箸《はし》をつけた。

お琴の横に並んで座るみさえは、所作《しょさ》も美しく食事をして、大人の話にも興味を持って聞いている。

そんなみさえに、左近は問うた。

「商《あきな》いは楽しいか」

「はい」

即答する笑顔は一点の曇りもない。

お琴はよい娘を得たと思った左近は、目を合わせて微笑む。

「しっかり食べなさい」

笑みまじりに箸を動かすみさえは、飯を一口食べ、考える顔をして茶碗と箸を置いた。

「母様、お客さんがおっしゃっていたのですが、もうすぐお米を食べられなくなるのですか？」

お琴は驚いた顔をした。

お琴より先に、およねが口を開く。

「みさえちゃん、隣町のご新造《しんぞ》さんがおっしゃったことを気にしているの？」

みさえはこくりとうなずいた。

「心配しなくても、左近様がちゃあんと守ってくださるから、大丈夫よ」

話が読めぬ左近が見ていると、権八が肘《ひじ》でつついてきた。

「旦那、まさか知らないなんて言わないでくださいよ」

「物が高くなっておるのは知っているが、米の値もそうなのか」

「上がっているなんてもんじゃありませんよ。地震が起きる前の二倍、いや、もっとだな。とにかく高すぎて、また上がったら、もうあっしら庶民の口には入らなくなりますよ」

嘆《なげ》く権八を横目に、左近はお琴とおよねに向く。

「米が手に入りにくいのか」

お琴がうなずき、およねが茶碗の飯を見てため息をついた。

「今夜は、左近様のおかげで久しぶりに食べられたんですよ。普段はお粥《かゆ》ですから」

左近は自分の茶碗を見つめた。妙だと思ったからだ。

大地震のせいで、市中の米が大量に失われた。家を失った民は食べる物がなく、その者たちを救済するためと、市中で米が不足するのを防ぐべく、公儀からお救《すく》い米《まい》が出ているはず。

何かよからぬことが起きているのではないかと案じた左近は、茶碗を権八に渡して、宝刀安綱《やすつな》をつかんだ。

茶碗を受け取った権八が見上げる。

「旦那、どうしなすったので？」

「ちと気になるゆえ、藩邸に戻る」

見送りに出たお琴とみさえに、また来ると告げた左近は、急ぎ藩邸に戻った。

又兵衛と間部詮房《まなべあきふさ》を表御殿の自室に呼んだ左近は、米について感じたことを述べた。

「余《よ》の考えすぎならばよいが、今の話を聞いてどう思うか」

間部は真顔で答える。

「市中の米の値が上がっているとは聞いておりましたが、一時《いっとき》のものだと思うておりました」

又兵衛が続く。

「お救い米は、十分に行き渡っておるはず。値が上がるのは、妙ですな。調べてみます」

そう告げて下がる又兵衛を見送った左近は、間部に言う。

「藩邸にある米を出したが、焼け石に水だったかもしれぬ。地震と火事で、いかほどの米が失われたか、ご公儀もはっきりつかめておらぬのではないか」

「それは考えられますが、ご公儀からお救い米が出たにもかかわらず足りぬとは、妙な気がいたします」

「悪しきことが起きておらねばよいが」

案じる左近は、間部に追加のお救い米をいくら出せるか調べるよう命じて下がらせ、奥御殿の寝所に入った。

又兵衛が左近のもとへ戻ったのは、翌日の夕方だ。

表御殿の自室で書類に目を通していた左近は、又兵衛と膝《ひざ》を突き合わせた。

渋い顔をしている又兵衛は、前のめりになって告げる。

「確かに、ご公儀の蔵からは十分な量の米が出されておりました。しかしながら、町を調べましたところ、やはり米が足りず、高いところでは五倍の値がついております」

これを受け、左近は一晩考えていたことを口にする。

「米の中抜きをする者がおるのではないか」

又兵衛は目を合わせてきた。

「それがしもそう思いますが、調べるとなると、ちと厄介《やっかい》ですぞ」

「上様の肝煎《きもい》りゆえか」

「さよう。お救い米を配るのを命じられた三名は、上様の覚えめでたき者たちですから、殿が疑っておられるのが耳に入れば、気を悪くされましょう」

「それでも、悪事を働いておるなら見逃すわけにはいかぬ」

「こたびばかりは、殿が出られるまでもないかと。柳沢《やなぎさわ》殿とて、市中に目を向けておられましょうから、米の異変に気づかれているはず。ここは、静かに見守ってくだされ」

頭を下げて願う又兵衛の気持ちもわからぬではない。

左近は口出しせず、米の動きを見ることにした。

間部が来たのは、又兵衛を下がらせようとしていた時だ。

「殿、上様の使者がまいりました。明日の朝、登城せよとのお達しにございます」

これには又兵衛が焦《あせ》った。

「それがしが探りを入れたことが、上様の耳に入ったのかもしれませぬ」

左近は微笑む。

「お叱《しか》りを受けるなら、ついでに言上《ごんじょう》申し上げよう」

又兵衛が止めようとしたが、左近は手で制した。

「第一に考えるべきは、民の安寧《あんねい》だ。この江戸で飢《う》える者が出てはならぬ」

「ごもっともではございますが……」

又兵衛は心配そうだが、それ以上は反論しなかった。

翌朝登城した左近は、中奥《なかおく》御殿のいつもの御座《ござ》の間《ま》で、将軍綱吉《つなよし》に拝謁《はいえつ》した。

又兵衛が案じるように、お救い米を調べさせたのが耳に入ってての呼び出しかと思い顔色をうかがっていると、どうやらそうではなさそうだ。

綱吉が開口一番に告げたのは、

「米が足りぬ」

この一言であり、民を案じ、珍しく焦った様子だ。

綱吉は上座から下り、左近と膝を突き合わせた。

「将軍家血筋の者として、甲府藩からも追加のお救い米を出せ」

左近は、地震の直後に藩邸の蔵米《くらまい》を出させていたが、快諾《かいだく》した。

「承知いたしました。甲府から送らせます」

「いかほど出せる」

「五万石ならば、すぐに出せます」

およそ三十万人が二月《ふたつき》ほど食べていける量に、綱吉は満足そうな顔をした。

「よし、下がって支度にかかれ」

左近は蔵米の横流しについて問おうとしたが、先に綱吉が声を尖《とが》らせた。

「小田原藩の惨状《さんじょう》を聞いておるか」

「いえ」

「江戸よりも被害が大きく、死人も大勢出ておる。助けを求めてまいれば蔵米を小田原へ送ってやろうと思うが、忠増は何も言うてこぬ」

「江戸の様子を見て、忠増殿は遠慮しておるのでしょう。上様から手を差し伸べられてはいかがですか」

「そうしたいが、吉保《よしやす》が首を縦《たて》に振らぬ。小田原の他にも被害が出ておるゆえ、助けを求めてまいるまで黙っておれと申すのじゃ」

柳沢の考えは正しいと思った左近は、綱吉に言う。

「そのほうがよろしいかと」

「そなたも、吉保と同じ考えか」

「はい。どうにもならぬ時は、助けを求めてまいりましょう」

「うむ、では、備えておこう。米を頼むぞ」

「ひとつ、おうかがいいたします」

「なんじゃ」

「上様は、お救い米を十分に出されたはず。にもかかわらず足りず、市中では米の値が吊り上がっております。これをどう思われますか」

綱吉は苛立《いらだ》ちを隠さず、目つき鋭く左近を見てきた。

「横流しを疑《うたご》うておるのか」

「はい」

「吉保が調べたが、今のところそのような兆候《ちょうこう》はない。足りぬのは、地震と火事で失われた量が多すぎるからじゃ。それに加え、米屋にけしからぬ輩が押し入って盗んだ量も馬鹿にならぬと聞く」

いつの世も、火事場泥棒《かじばどろぼう》が横行する。

左近は、己のことしか考えぬ輩に憤《いきどお》りを覚えた。

綱吉が言う。

「公儀の米蔵も被害を受けておるゆえ、これ以上増やすことができぬ。諸大名に出させることになろうが、今はそなたが頼りじゃ。急いでくれ」

「承知いたしました」

頭を下げて辞した左近は藩邸に戻り、国許に早馬を走らせた。

左近の命令を受けた国家老は、ただちに輸送隊を編成して米を出した。だが、時季が悪かった。関東一帯が大雪に見舞われてしまい、峠《とうげ》では大人の背丈《せたけ》ほども積もった雪のせいで、輸送隊が動けなくなったのだ。

江戸も例外なく大雪に襲われ、甲府のみならず、近隣の地から出されたお救い米が届かなくなり、米が買えぬ者は寒さと食料不足によって、倒れてしまう者が続出したのだ。

甲府からの輸送隊のみならず、各地から送られた米がいつ江戸に到着するかわからぬと知った左近は、又兵衛にこう漏らした。

「消えたお救い米を、捜し出すか」

又兵衛は、耳を疑うような顔をして身を乗り出した。

「殿、今なんと……」

左近は目を見る。

「上様は、悪事はないとおっしゃったが、この江戸のどこかに、米が隠されている気がしてならぬのだ」

「殿の勘は当たりますからな」

「調べられるか」

又兵衛は、腹を決めた面持《おもも》ちとなった。

「蔵米を配る役目は、五人おる蔵奉行《くらぶぎょう》の中から、三人が選ばれております。殿はこの三人をお疑いになると思い、密《ひそ》かに調べてございます」

左近は驚き、又兵衛らしいと微笑む。

「いかがであった」

「いずれも、怪《あや》しいところはございませなんだ」

又兵衛曰《いわ》く、三人の蔵奉行は、江戸中の町名主《まちなぬし》に命じてお救い米を取りに来させ、証文と引き換えに渡していた。

元大目付《おおめつけ》の又兵衛の力を疑わぬ左近は、肩を落とした。

「隠された米は、ないのか」

又兵衛が答える。

「書類を調べましたところ問題はなく、無事だった浅草《あさくさ》の蔵と、城内の備蓄米《びちくまい》から、合わせて二十万石ほど出ておりました」

確かな数字を聞いた左近は、又兵衛に告げる。

「怪しいところはないが、十分に出されたはずの米がない」

「柳沢殿は、江戸城下の復興に多忙を極めておられると聞きます。米のことまで手が回らぬのではないでしょうか」

「やはり、中抜きをされておると思うか」

左近の疑問に、又兵衛が答える。

「それができるのは、蔵奉行しかおりませぬ。まだ三人を直《じか》に調べておりませぬから、それがしにおまかせくだされ」

「上様の耳に入るのを案じておるそなたが、三人を当たると申すか」

「今は事情が違います。雪解けを待っておる時はありませぬゆえ、米を奪った大《おお》鼠《ねずみ》を、それがしが必ず捕らえます」

大目付の顔つきになっている又兵衛に、左近は告げた。

「上様とて、悪を許されまい。くれぐれも頼むぞ」

「はは。屋敷に戻り、ただちに動きまする」

又兵衛はそう言うと頭を下げ、左近の前から去った。

二

又兵衛は、自慢の家来、三宅兵伍《みやけひょうご》、早乙女一蔵《さおとめいちぞう》、砂川穂積《すながわほづみ》、望月夢路《もちづきゆめじ》の四人に命じて調べを進めた。

四人は密かに動いたのだが、気を張りつめていた蔵奉行の袴田惟次《はかまだこれつぐ》はいち早く察知し、焦りはじめた。気が小さい袴田は、己に疑いの目が向けられるのを恐れたのだ。

一日の役目を終え、急ぎ屋敷に戻った袴田は、家来に命じて米問屋の穂高屋喜《ほだかやき》兵衛《へえ》を呼んだ。

いそいそとやってきた喜兵衛を座敷に上げ、人払いをした袴田は、用心深く四方を屏風《びょうぶ》で囲った。

黙って見ていた喜兵衛は、不思議そうに問うた。

「お奉行様、いったい何ごとでございます」

膝を突き合わせて座った袴田は、声を尖らせた。

「甲州《こうしゅう》様のおそば付きの篠田山城守殿が、お救い米について調べておる」

「米を……」

喜兵衛は考える顔をした。

「値上がりについて、調べておられるのですか」

「そうではない。市中に米が足りぬのは、我らがくすねておるからだと甲州様は疑《うたご》うておられると見た。穂高屋、なんの落ち度もあるまいな」

喜兵衛は恵比須顔《えびすがお》で応じる。

「ご公儀からお預かりした米は一粒たりとも粗末にせず配っておりますから、ご安心ください」

「まことだな。まことに、私腹を肥《こ》やしておらぬのだな」

喜兵衛は真顔になり、深くうなずいた。

「この穂高屋喜兵衛、天地神明《てんちしんめい》に誓って、中抜きなどしておりませぬ」

安堵《あんど》の息を吐いた袴田は、ようやく笑みを浮かべた。


調べを進めていた又兵衛の四人衆のあいだで袴田の名があがったのは、数日後だ。

袴田が当番の時だけ、米の量が減っているのが判明したのだ。

突き止めた砂川穂積の報告を受けた又兵衛は、その量の多さに驚き、怒りに身を震わせた。

「上様のご期待に背《そむ》き、民を想うおこころを踏みにじるとは、断じて許せぬ。ただちに袴田家にまいり、米を取り戻すぞ」

「はは」

翌早朝、まだ暗いうちに四人衆と小者を連れて屋敷を出た又兵衛は、袴田家へ向かった。

袴田家は牛込御門《うしごめごもん》に近い。すぐそばにある神田川《かんだがわ》を使えば、蔵前《くらまえ》には舟で繋《つな》ぐことができ、密かに米を運ぶのも可能だ。

袴田は、米を屋敷に運び込み、そこから横流しして私腹を肥やしているに違いない。

道すがら、家来たちにそう告げた又兵衛は、抵抗に遭うことを予測し、気を引き締めさせた。

神田川に面した表門の前に到着した時には、すっかり夜が明けていた。雪が残る通りは凍《こご》えるほど冷え込んでいる。

白い息を長く吐いた又兵衛は、指図を待つ望月夢路に顎《あご》を引く。

頭を下げた夢路が門扉《もんぴ》をたたき、大声で名を告げて開門を迫った。

ところが返事はなく、いるはずの門番も出てこない。

ひっそりと静まる様子に、又兵衛は眉間《みけん》の皺《しわ》を深くし、自ら脇門を押した。すると、あっさりと開くではないか。

「入るぞ!」

大声で告げる又兵衛を止めた夢路が、油断なく中を探り、足を踏み入れた。

「誰もおりませぬ」

こう告げられて、又兵衛は中に入り、母屋《おもや》に急いだ。

表玄関に人気《ひとけ》はないが、裏手から男の怒鳴り声がした。

又兵衛が家来たちを連れてそちらに行くと、小者が二人走ってきて、あっと声をあげて下がった。

又兵衛が厳しい口調で告げる。

「呼んでも返事がないゆえ勝手に入った。篠田山城守じゃ。袴田殿に問いたいことがありまいった。取り次ぎをいたせ」

小者の二人は顔を見合わせ、一人が目に涙を浮かべて、ひどく悲しそうな顔で頭を下げた。

「今日は、お引き取りください」

「ならぬ。お救い米のことで、どうしても問わねばならぬ。通るぞ」

二人は行く手を塞《ふさ》ぎ、地べたに正座して平身低頭《へいしんていとう》した。

「どうか、今日はご容赦《ようしゃ》を」

「ならぬと言うておる。甲州様の名代《みょうだい》としてまいったのじゃ」

それでも頑として動かぬ二人に、又兵衛は厳しく告げる。

「邪魔をすると、袴田殿のためにならぬぞ。そこをどけ」

「旦那様は……」

背が低く年上の小者が、涙声で訴えた。

「つい先ほど、切腹されているのをご用人《ようにん》が見つけられ、大騒ぎになってございます」

「何！」

思わぬ言葉に絶句した又兵衛は、小者をどかせて裏庭に入った。

母屋の座敷では、家来たちが十数人集まり、袴田の亡骸《なきがら》の前で突っ伏し、むせび泣いていた。

又兵衛とは顔見知りの用人が気づいて、廊下に出てきた。

頬《ほお》を拭《ぬぐ》う用人に、又兵衛は声をかける。

「袴田殿は、何ゆえ腹を召されたのじゃ」

「わかりませぬ。昨夜は、当番である今日の役目についてお指図をされており、なんとしても民を救うのだとおっしゃっていたのです。朝餉の支度が調《ととの》い呼びにまいりましたら、このようなことに……」

死《し》に装束《しょうぞく》も着けず、普段着のまま切腹している袴田の姿を見た又兵衛は、用人に上がるぞと告げて草履《ぞうり》を脱ぎ、座敷を見回した。書院に置いてある黒漆塗《くろうるしぬ》りの細長い文箱《ふばこ》が目にとまり、用人に問う。

「遺言状はあるのか」

「まだ、そこまでは……」

声を詰まらせる用人にかわって、又兵衛は文箱に手を伸ばした。

思ったとおり、中に遺言状が入れてあった。

又兵衛は取り出し、用人に見せる。

「これは袴田殿の字に間違いないか」

表書きを見た用人が、辛《つら》そうな顔でうなずいた。

「間違いありませぬ」

「見るぞ」

断って封を切った又兵衛が読むと、米問屋の穂高屋喜兵衛と結託し、名主《なぬし》に渡す米の量を減らしていた罪を認める内容が書かれていた。

さらに袴田は、米は穂高屋に騙《だま》し取られたと、ご公儀に詫《わ》びる言葉を遺《のこ》していた。

又兵衛は用人に問う。

「穂高屋はどこにある。蔵前か」

「以前は蔵前にありましたが、地震で倒壊してしまい、今は牛込白銀町《うしごめしろがねちょう》で、仮の店を構えてございます」

「遺言状を預かる。そのほうらは、ご公儀の沙汰《さた》を待て」

「はは」

神妙に応じる用人と家来たちの前で、又兵衛は仏となった袴田に手を合わせ、庭に控えている兵伍たちのところへ戻った。

「元凶《げんきょう》は米問屋の穂高屋だ。捕らえて米を取り戻すぞ」

兵伍たち四人衆は表情を引き締め、又兵衛に従った。

神田川沿いの道を牛込御門のほうへ急いだ又兵衛は、坂を上がり、辻番《つじばん》の者に案内させた。

小さな商家を借りている穂高屋は、表の戸を下げ、ひっそりしていた。

辻番の者を帰らせ、表に立った又兵衛は、穂積と夢路を裏に回らせ、兵伍に命じる。

「悪党を逃がすな。かかれ」

「おう」

気合を込めた声で応じた兵伍が、大音声《だいおんじょう》で戸を開けるよう迫ったが、これも返事がない。

悪い予感がしたのか、兵伍が焦った面持ちで又兵衛を見てきた。

「踏み込め」

又兵衛が命じると、兵伍は戸を蹴破り、中に入った。

小者を連れて又兵衛が続く。

店はひっそりと人気《ひとけ》がなく、板の間に上がって奥に行くも、家はもぬけの殻《から》だった。

「一足遅かったか」

舌打ちをした又兵衛は、左近に知らせるべく甲府藩邸に向かった。

三

「残念ながら、米は戻りませぬ」

がっくりと肩を落としてそう嘆く又兵衛の前で、袴田の遺言状を読んでいた左近は、同座している間部に渡した。

目を通す間部を横目に、左近は考えを述べる。

「何か、裏があるような気がしてならぬ。この遺言状の中身とて、真実と決めつけるのはまだ早いぞ」

又兵衛は驚いた顔をした。

「殿は、何をもってそうおっしゃるのですか」

「そなたが袴田家に行ったと知り、間部を向かわせたのだ」

「そうでしたか。間部殿、何か、怪しいことがござったか」

間部は真顔で答える。

「袴田殿の奥方、雪世《ゆきよ》殿が姿を消しておられます」

又兵衛は目を見張り、左近に言う。

「米の行方に気を取られるあまり、そこまで気が回りませなんだ」

うなずいた左近は告げる。

「これはあくまで想像にすぎぬが、又兵衛が米の流れを突き止めたのを察知した何者かが、袴田殿の口を封じたかもしれぬ。遺言状は、筆跡を真似《まね》ればなんとでもなる」

「奥方は、刺客に攫《さら》われたとお思いですか」

「おそらくそうであろう。用人が申すには、袴田殿と仲睦《なかむつ》まじく、毎晩同じ寝所で休まれておったそうだ」

「殿がおっしゃるとおり、刺客はおなごを殺《あや》めるのを嫌い、連れ去ったのかもしれませぬ」

「あるいは、身内の仕業《しわざ》かだ」

又兵衛は驚いた。

「まさか……」

「明日、そこを確かめにまいる」

「それがしにお命じください」

「よい。弟御《おとうとご》とは、久しぶりに会おう」

左近はそう告げて、又兵衛と四人衆をねぎらい下がらせた。


翌朝、左近はいつもの藤色の着物を着流し、四谷《よつや》に出向いた。

袴田の弟智綱《ともつな》は、天津一刀流《てんしんいっとうりゅう》の剣術道場を主宰《しゅさい》する友坂《ともさか》家に養子に入り、今は当主になっている。

智綱との縁は、岩城泰徳《やすのり》を介してだった。

智綱の養父が岩城家とは古い付き合いがあり、道場を智綱に継がせるあいさつに来た時、たまたま左近がいたのだ。

それからも何度か顔を合わせるうちに言葉を交《か》わすようになり、今は、左近の身分も知っている仲だ。

疑いたくはないが、確かめなければならぬ。

そう思った左近は、重い気持ちで道場の門をたたいた。

自ら出迎えた智綱は、門人《もんじん》たちの前では剣友新見左近として接するも、客間で二人きりになると、下座で平伏《へいふく》した。

「このたびは、兄がとんでもないことをいたしました」

悪事に手を染め、ご公儀に背いたと詫びる智綱に顔を上げさせた左近は、表情を見た。

薄い唇の口角《こうかく》を下げ、目を合わせようとせぬ智綱は、身内の罪を恥じ、死別をこころから悲しんでいるように見える。

そんな智綱は、赤くした目を左近に向け、すぐに伏せてから重々しく告げた。

「近頃兄は羽振りがよく、様子がおかしかったのですが、悪事を働いているのを見抜けませんでした。されど、わたしはどうしても信じられませぬ。兄はまことに、悪事に手を染めたのでしょうか」

「そのことだが、奥方が姿を消しておられるのがどうにも気になり、そなたを訪ねたのだ」

智綱は動揺の色を浮かべた。

「兄の死を知らせに来た家来から聞かされておらず、今初めて知りました。わたしに何をお訊《き》きになりたいのでしょうか」

「奥方は、惟次殿の切腹について何か知っていると思うのだが、行き先に心当たりはないか」

智綱は首を横に振った。

「義姉《あね》の実家は絶《た》えておりますし、頼れる親戚もないはずですから、思い当たりませぬ」

左近は、遺言状を差し出した。

袴田のものだと告げると、智綱は驚き、手に取って開いた。

読み進める顔は、悲痛の面持ちから一変し、恨《うら》みに満ちた表情になった。

「米問屋の穂高屋喜兵衛に騙されたとありますが、まことでしょうか」

「手の者が確かめにまいったが、穂高屋はもぬけの殻だった。そなたは、穂高屋喜兵衛を存じておるか」

「兄を訪ねた折に何度か顔を見ておりますが、人がよく、悪事を働くような者とは思いもせず」

遺言状を見つめる悔しそうな顔は、偽《いつわ》りを述べているようには見えない。

左近は、智綱が袴田の死に関与しているようには思えず、道場をあとにした。

袴田は、まことに自害したのか。

これに穂高屋が関与しているとなると、姿を消したため米の行方がつかめない。

柳沢に遺言状を渡して、穂高屋喜兵衛に追っ手をかけてもらうのが得策だと考えた左近は、藩邸に戻り、又兵衛に託した。

左近が柳沢を頼ることに又兵衛は驚いたが、

「こたびばかりは、時がない」

民を飢えさせぬため、一刻も早く消えたお救い米を捜し出したい気持ちをぶつけた。

「ただちに」

左近の気持ちを汲《く》み取った又兵衛は、遺言状を手に、柳沢のもとへ向かった。

その又兵衛が戻ったのは、二刻《ふたとき》(約四時間)後だ。

城で長らく待たされたと、やや疲れた様子の又兵衛は、左近の前に正座して告げる。

「遺言状を届けるのが遅いと、長々と小言を聞かされましたが、番方《ばんかた》に命じて穂高屋喜兵衛に追っ手をかけられました」

「早く見つかるとよいが」

「大雪が、喜兵衛にとっても凶となりましょう。米を遠くへは運べぬでしょうから、江戸のどこかに隠れているはず。柳沢殿は、手が空いておる番方をすべて動かされましたから、袋の鼠です」

　左近はうなずき、又兵衛の楽観どおりになるよう願った。

　だが、五日が過ぎても、喜兵衛が見つかったとの知らせは来なかった。

　気を揉《も》んでいる左近のもとに、甲府の輸送隊がこちらに向かいはじめたという吉報が届いたのが、唯一の救いだ。

「いつ到着する」

　知らせた間部に問う。

「雪かきをしながらなんとか峠をくだりましたものの、道中の雪も多いそうですから、街道沿いの者たちが総出で雪かきをしたとしても、まだ先ではないかと」

「糠喜《ぬかよろこ》びだったか」

　左近は、輸送隊の苦労を想い、道中の無事を祈った。

四

町の様子を見るべく屋敷を出た左近は、思っていたよりも町の者たちの表情が明るいのにひと安心した。地震の被害が少なく、雪解けが早かった近隣の藩から送られたお救い米が届きはじめていたのだ。

だが、まだ足りぬところもあり、米をもらいに並ぶ人で長蛇《ちょうだ》の列ができている。そのいっぽうで、以前にくらべてまだ高いものの、売られている米の値上がりは止まり、落ち着いていた。多くの米屋は、襲撃を恐れて米が人目に触れぬよう、店に出していない。

米を買える得意先にだけ売る商いに切り替えた店がほとんどで、以前のような活気は見られない。

三島町に足を向けた左近は、お琴が店を閉めるまで小五郎の煮売り屋に入り込み、町の様子を聞いていた。

煮売り屋に来る客はまだ少ないが、たまに来る客たちが酔って話すのは、やはり物価の高騰についてだ。

商家以外の町家の普請は進んでおらず、民の不満が高まっていると聞いた左近は、このままでは一揆《いっき》が起きるのではないかと憂《うれ》えた。

しかし、今の左近には、どうすることもできぬ。

この場に岩倉具家《いわくらともいえ》がいたなら、綱吉に対する怒りを左近にぶつけ、将軍になれと言うだろう。

小五郎の話を聞きながら、岩倉の厳しい顔が目に浮かんだ左近であるが、公儀とて、手を尽くしているはず。誰が将軍でも、大災害に乗じて悪事を働く者がおれば、復興は遅れてしまうのだ。

そう思うと、お救い米を中抜きして私腹を肥やす輩に、憤りを覚えずにはいられない。

小五郎が酌をしてくれた酒を含み、杯《さかずき》を置いた左近は、戸口でした権八の声に顔を向けた。

誰かと楽しそうに話しながら戸を開けた権八が、左近がいると気づいて嬉しそうな顔をして会釈《えしゃく》をし、外にいる者を引っ張ってきた。

連れてこられたのは、五十代の恰幅《かっぷく》がいい男だ。

近くで米問屋を営む雲南屋《うんなんや》の辰蔵《たつぞう》が、左近に会釈をした。

小五郎の店にも米を届けている辰蔵と顔見知りの左近は、笑顔の辰蔵にうなずいて応じた。

権八が言う。

「左近の旦那、聞いてください。雲南屋の旦那は、江戸で一番米を安くしてくださっているんです」

日本橋《にほんばし》から京橋《きょうばし》にかけて、米屋を見てきたばかりの左近は、辰蔵を見た。

辰蔵は照れ笑いを浮かべて言う。

「おかげさまで、米蔵が地震に耐えてくれたのです」

すると権八が、話を引き取って左近に教えた。

「仏様のご加護があったからですよ」

「仏様の？」

左近はいぶかしげに辰蔵に問う。

「何か不思議なことがあったのか」

すると辰蔵は、大真面目《おおまじめ》な顔で答えた。

「はい。周りが被害を受ける中、手前どもの米蔵だけが無傷だったのです。その時は、土地を選んだご先祖のおかげと思い法要をしたのですが、先日夢枕に仏様が立たれ、こういう時こそ、少しでも皆さんに恩返しをしなさいとお教えくださったのです。すぐ目がさめた手前は、思ったのです。ああ、蔵が無事だったのは、仏様がお守りくださったのだと。そこでさっそく恩を返すことにしまして、去年仕入れていた新米を含めて、蔵の米が空になるまで、地震の前の値で売らせていただいております」

「それは、町の者が大いに助かるであろう。夢に見たからというて、なかなかできることではない」

　喜ぶ左近に、権八が言う。

「でしょう。一緒に働く大工から聞いたんですが、雲南屋さんの噂《うわさ》を聞いた赤坂《あかさか》の米屋が、米の値を下げたそうです。江戸中の米屋が、そうしてくれるといいんですがね。とにもかくにも、辰蔵さんは、顔は泣く子も黙るどころか、より大泣きするほどの強面《こわもて》ですがね、こころはお釈迦《しやか》様なんです」

　辰蔵が大声で笑った。

「棟梁《とうりよう》、確かに幼子《おさなご》はこの顔を見て泣きますな」

「ごめんください」

　おなごの声に左近が向くと、戸口から顔をのぞかせた若い娘が、辰蔵を見て笑みを浮かべた。

「おとっつぁんの声がしたと思ったら、やっぱりそうだったわね」

「おお、穂夏《ほなつ》」

手招きした辰蔵が、左近に紹介した。

「娘です。穂夏、こちらは、新見左近様だ」

左近は、娘と会うのは初めてだった。

会釈をすると、穂夏は笑顔で頭を下げた。

「お噂は、権八さんから聞いています」

「権八、暇《ひま》な浪人だと言うておるのか」

「まあ、そんなところです」

笑う権八に、穂夏が言う。

「違うでしょ。困った人を放っておけない、お優しい新見様とは親友なんだって、自慢してるじゃない」

「旦那、そういうことです」

身分は明かしていないと暗に告げる権八に、左近は笑ってうなずく。

穂夏は、手代《てだい》の春吉《しゅんきち》と二人で、得意先へ米を届けに行った帰りだった。

よく店を手伝う跡取り娘だと権八から聞かされた左近は、辰蔵に告げる。

「よい娘に恵まれたのも、仏様のおかげだな」

「ありがたいことです」

照れ笑いで応じた辰蔵に、権八が言う。

「ちょうどいいや、みんなで食べますか。旦那、いかがです？」

左近が快諾すると、辰蔵は戸口に立っている手代に向く。

「春吉、ご苦労さん、こっちに来なさい。ここの煮物は旨《うま》いから、一緒に食べて帰ろう」

「よろしいのですか」

遠慮する春吉の手を引いた穂夏が、辰蔵の横に座らせ、向かい合って腰を下ろした。

仲がよさそうな若い二人を左近が見ていると、権八がかいがいしく注文し、左近の前に腰かけた。

出された煮物を肴《さかな》に酒を飲みながらする雑談の中で、左近がふと思ったことを口にした。

「ところで雲南屋、安値で米を出して、同業の者から文句が出ぬのか」

「はあ、まあ……」

どう答えるか迷っている辰蔵にかわって、穂夏が口を開く。

「うちも初めは、よそ様に合わせて値を上げていたんです。おとっつぁんが仏様の夢を見て値を下げてからは、確かに文句を言われました。でも、喜ぶお客さんを見て、おとっつぁんはいいことをしたなと思ったんです。こんな時に、お金儲《かねもう》けのことしか頭にない連中なんて、相手にしていられません」

辰蔵が慌《あわ》てた。

「穂夏、そんなことを言っちゃいけない。よそ様の悪口を言えば、必ず自分に返ってくると何度言わせるんだい」

穂夏は、しまったという顔をした。

春吉がかわって言う。

「お嬢さんは、いくら品薄でも、食べなければ生きていけない米だけは、値を上げるべきではないと思ってらっしゃるんです。こういう時こそ、ご公儀が米の値が上がらないよう導いてくだされば、金儲けに走る者が出なくなると思うのです」

「そう、わたしが言いたかったのはそれよ」

穂夏が春吉に賛同し、辰蔵は腕組みをして渋い顔をした。

「お前たちが言うまでもなく、お上は米の値を上げぬようお達しを出されているさ。悪いのはお上ではなく、こういう時に金儲けをたくらむ者さ。元々米屋じゃない者が、地震のせいで品薄になると見込んで、安いうちに買い占《し》めて、頃合いを見て高い値で売りに出す。それでも売れるから、米屋も値を上げてしまう。こうなっては、お上も見て見ぬふりをするしかないのだろうさ」

「左近の旦那、旦那がお上のお偉い立場なら、どうされやす」

権八に水を向けられ、左近は即答できなかった。

米を買い占めて売りさばく者の存在を、今初めて知ったからだ。

「どうすべきか……」

お救い米が十分民に行き渡れば、高い米を買わずにすむはず。

そう思えども、権八たちに言うべきことではない。

すると、辰蔵が重々しく口を開く。

「米屋以外の者が売っているんだから、お上がすべてを把握《はあく》して押さえるのは難しいでしょう。新見様がそういうお役目に就《つ》かれても、お困りになると思いますよ」

真の身分を知らぬ辰蔵に権八は何も言い返さず、じっと左近を見てきた。

「左近の旦那がお上なら、ぱぱっと解決してくださるんでしょうがね」

今の状況に不満を持っているのか、今日は耳が痛いことを言う権八に、左近は苦笑いを浮かべた。

「そろそろ、帰ろう」

辰蔵が立ち、左近に頭を下げた。

左近は言う。

「今日はいい話を聞かせてもらった。何か困ったことがあれば力になるゆえ、この大将に言ってくれ」

笑顔でふたたび頭を下げる辰蔵を横目に、権八が言う。

「穂夏ちゃん、米の値を上げろって迫る野郎がいたら、すぐに言うんだぜ。左近の旦那がやっつけてくださるからよう」

穂夏は明るく、はい、と返事をして左近に頭を下げ、帰っていった。

五

米を安く買えるとの評判が広まった雲南屋を、よく思わぬ者がいる。

細木屋志郎右衛門《ほそきやしろうえもん》だ。

元は旗本の次男坊だったこの男は、他家に養子に入るか、どこぞの大名家に仕官する道しかないと言われて育っていたが、二十五を過ぎても叶《かな》わず、部屋住みの肩身が狭い立場にいた。

父親が当主のあいだはまだよかったが、兄に代替わりをした二十七歳の時、いよいよ邪魔者扱いされ、望んだ縁談もだめになった志郎右衛門は、失意のうちに家を捨て、食うために働きはじめた。

商いになかなか慣れず、下げたくもない頭を下げ続けて十年が過ぎ、ようやく運が上向きはじめたのだ。

居間の長火鉢《ながひばち》の前で考えごとをしながら煙草《たばこ》を吹かしていた志郎右衛門は、雁首《がんくび》を灰吹《はいふ》きに打ちつけて灰を落とし、煙管《きせる》を吹いて置いた。

障子を開けて入ってきた女に顔を向け、優しい笑みを浮かべる。

酒と肴を支度してきたのは、袴田家から姿を消した雪世だ。

志郎右衛門の横に座った雪世は、嬉しそうな顔で杯を差し出し、熱燗の入ったちろりを向けて酌をした。

志郎右衛門は、雪世の肩に手を回して抱き寄せ、黙って酒を飲んだ。

雪世は胸に頬を寄せ、幸せそうな顔をしている。夫である袴田惟次がこの世を去り、ようやく、堂々とこうしていられると思うからだ。

二人は実家が近いこともあり、雪世が先に、年上の志郎右衛門に憧《あこが》れを抱いた。乙女《おとめ》の憧れは、成長と共に恋心に変わり、顔を合わせているうちに、志郎右衛門も美しい雪世を意識するようになった。

こうなれば、恋仲になるのに時はかからぬ。

親の目を盗んで二人きりで会う仲になった時、志郎右衛門は雪世と夫婦になることを望んだ。

しかし、仕官先も決まらぬ部屋住みとの縁談を、雪世の父親が許さなかった。

志郎右衛門は仕官先を探すも叶わず、時だけが過ぎてゆく。

それでも二人が密かに会っているのを知った雪世の父親は、娘の将来を案じて、嫁《とつ》ぎ先を探した。そして選んだのが、当時から将軍の覚えめでたく、親同士も仲がよかった袴田惟次だった。

雪世は有無を言わさず嫁がされ、志郎右衛門と引き裂かれたのだ。

まさに、これだけならば悲恋《ひれん》と言えよう。だが、執念深い志郎右衛門は、親を恨み、雪世を奪った袴田を憎んだ。雪世が袴田のそばにおると思うと身悶《みもだ》えするほど苦しく、取り戻したくとも、部屋住みの身では何もできぬ。

己の小ささが身に沁《し》み、武家の身分にしがみつくのが馬鹿らしくなった志郎右衛門は出奔《しゅっぽん》し、雪世を取り戻しにかかったのだ。

食うために、米を運ぶ人足《にんそく》をはじめた志郎右衛門が目をつけたのが、袴田家に御用達《ごようたし》として出入りする穂高屋喜兵衛だ。

じっくりと人物を観察した志郎右衛門は、喜兵衛が金に貪欲《どんよく》なのを見抜き、近づいた。

当時、武家との商いを広げたがっていた喜兵衛のために、恥《はじ》を忍んで知り合いの旗本に頭を下げて回り、出入りを許してもらい信用を得ると、喜兵衛の代理として、袴田家に行くことを許されたのだ。

むろん、親兄弟に米問屋で働いているのが伝わらぬよう、喜兵衛に口止めをしていた志郎右衛門は、穂高屋の番頭として働き、虎視眈々《こしたんたん》と、その時を狙っていた。そして、うまく取り入って袴田からも信用を得たところで、志郎右衛門は雪世の前に姿を見せたのだ。

酒を飲みながら、当時のことを思い出した志郎右衛門は、身を寄せる雪世を見て笑った。

不思議そうな顔をする雪世の顎をつまんで言う。

「お前と再会を果たした時のことを思い出していたのさ。目が飛び出そうなほど、驚いた顔をしていたな」

「心の臓が、止まるかと思いました」

「わたしは、お前の顔を見て嬉しかった。ああ、今でも想うてくれているのだと、確信したのだ」

穂高屋の番頭として、蔵奉行である袴田の仕事を手伝うようになった志郎右衛門であるが、その裏では、雪世と逢瀬《おうせ》を重ねていた。

何年も夫を裏切り続けた雪世は、仲睦まじさを装《よそお》いっぽうで、子も産まず、こころも身体も志郎右衛門に捧《ささ》げ、なんでも言うことを聞く女になっていたのだ。

志郎右衛門はというと、袴田を手伝い公儀の米を扱うようになり、密かに米を中抜きして利を得る策を思いつき、財を貯め込んだ。

その金を元手に、穂高屋の番頭を続けながら密かに細木屋を出したのだが、喜兵衛が疑いの目を向けているのに気づき、なんとかせねばと思っていた。

そんな時に、地震が起きたのだ。

喜兵衛は、袴田が出すお救い米を民に配ることに忙殺《ぼうさつ》され、志郎右衛門を糾《きゅう》弾《だん》するどころか、逆に、うまくさばいてくれと、頭を下げて頼った。

志郎右衛門は、酒を飲んで表情を険しくした。

「雲南屋のせいで、溜《た》め込んでいた米を高く売れなくなった。このままでは、手を汚した意味がのうなる」

志郎右衛門は、己の両手を見つめた。

袴田と喜兵衛を騙して米を抜いていたが、公儀の調べが迫ると、袴田たちに罪を被《かぶ》せて殺していたのだ。

雪世が、両腕を胸の前で交差してさすり、寒々とした表情をした。

志郎右衛門は、そんな雪世の白い手をつかみ、手を重ねた。

雪世が袴田に眠り薬を飲ませ、眠ったところに志郎右衛門が侵入し、切腹に見せかけて殺したのだ。

袴田の代筆をしていた雪世は、字を真似て書いた遺言状を文箱に入れ、志郎右衛門と屋敷から逃げた。

震える雪世の背中をさすった志郎右衛門は、抱きしめて言う。

「やっと、わたしにもつきが回ってきたのだ。このままにはしておかぬ。うまくことを運ぶゆえ、何も心配するな」

離れて立ち上がる志郎右衛門を、雪世は不安そうに見上げた。

「出かけるのですか」

志郎右衛門は微笑む。

「すぐ戻る。先に休んでいなさい」

紺《こん》の羽織《はおり》に袖《そで》を通し、同じ色の首巻《くびまき》を巻いた志郎右衛門は、寒空の下に出ると、路地を急いだ。

向かったのは、堀に架かる太鼓橋《たいこばし》を越えた先にある料理屋だ。

表の戸を開けると、心得ている大将が無言で応じて、奥に誘う。

酔客たちのにぎやかな声を聞きながら店の奥へ行った志郎右衛門は、小上がりで一人酒を飲んでいる浪人の前に座ると、懐《ふところ》から出した財布を台の上に置いた。

総髪《そうはつ》の浪人は、名を正虎《まさとら》といい、志郎右衛門の仲間である。

正虎は、切れ長の目を志郎右衛門に向けたまま財布を手に取り、中を検《あらた》める。

小判が十枚ほど入っているのを見て、鋭い目を志郎右衛門に向けた。

「的《まと》は、例の邪魔者か」

「抜かりのうやれ」

正虎は黙って財布を懐に入れ、愛刀をつかんで店を出ていった。

六

「どけ！　道を空けろ！」

野次馬をかき分けて、神田の仕舞屋《しもたや》に入ったのは、北町《きたまち》奉行所吟味方筆頭与力《ぎんみかたひっとうよりき》の藤堂直正《とうどうなおまさ》だ。戸の内に踏み込んだ藤堂は、すぐさま臭気《しゅうき》に顔をしかめた。土足のまま廊下に上がると、先に来ていた定町廻り《じょうまちまわり》同心《どうしん》の坂巻《さかまき》が奥の部屋から出てきて、頭を下げて案内した。

藤堂は廊下を歩きながら問う。

「ご公儀の手配がかかった穂高屋喜兵衛に間違いないのか」

「たった今、呼びつけた町役人に確かめさせたところ、喜兵衛でした」

坂巻が部屋の前で立ち止まり、手で中を示す。

藤堂が部屋に入ると、小者たちの手で鴨居《かもい》から下ろされた喜兵衛が、首から縄をはずされるところだった。

その横には、襦袢《じゅばん》を乱した女が仰向《あおむ》けになり、胸には包丁が突き刺さっている。

藤堂は、光を失った目をこちらに向ける女に手を合わせ、喜兵衛を見た。

坂巻が歩み寄る。

「遺言状も何もありませぬが、お上からは逃れられぬと思いつめ、無理心中をしたのでしょう」

返り血を浴びている喜兵衛を見る限り、坂巻の読みは正しいだろう。

そう思った藤堂であるが、喜兵衛の腕に目をとめ、寝間着の袖を上げた。すると、肘の下に、紫に変色した痕《あと》が浮いていた。

「坂巻、これを見ろ」

十手《じって》で示すと、坂巻がしゃがんで確かめ、藤堂に向く。

「手の痕に見えますね」

「強くにぎられたのではないか」

「女が、苦しみのあまりつかんだのでしょう」

「女の手にしては大きいとは思わぬか」

他に抵抗した傷は見当たらないが、藤堂は右腕の痕がどうにも気になり、怪しい者を見た者がおらぬか、近所の聞き込みを命じた。

そうして集まったのは、喜兵衛と女が暮らしていたのを知る者がいないことと、誰一人として、怪しい人影を見ておらぬという話だ。

どうやら、息を潜《ひそ》めて暮らしていたようだ。

殺しか無理心中か。

判断に迷った藤堂は、手がかりを捜すべく、家の中を調べにかかった。

七

甲府藩邸の自室で藩主の仕事をしていた左近のもとへ、又兵衛が来た。

外はいつの間にか日が陰り、又兵衛が障子を開けると、冷たい風が吹き込んだ。

「また、雪が降ってきたか」

「まったくもって、今年はよう降りますな。柳沢殿がまいられましたゆえ、客間にお通しいたしました」

向こうから来るとは珍しいと思った左近は、客間に向かった。

待っていた柳沢は、あいさつもそこそこに、厳しい面持ちで告げた。

「一昨日《おととい》、穂高屋喜兵衛が骸《むくろ》となって見つかりました」

思わぬことに、左近は問う。

「殺されたのか」

「北町奉行は、無理心中だと申しております」

「相手は、妻か」

「喜兵衛は独り身でしたから、女の身元はわかりませぬ。穂高屋で奉公していた者を手の者が見つけ出し、喜兵衛の行方を捜していたところでございましたから、残念でなりませぬ」

左近は、この程度のことを知らせるためだけに柳沢がわざわざ足を運んだとは思えず、じっと顔を見ていた。

すると柳沢は、目を合わせて続ける。

「北町奉行から、これを預かりました」

差し出されたのは、喜兵衛が公儀のお救い米を中抜きしていた証《あかし》の、裏帳簿だった。

「喜兵衛が持っていたのか」

「奉行所の者が、屋根裏に隠してあるのを見つけたそうです」

左近は数字を見て、柳沢に向く。

「二万石もの米が抜かれているが、見つかったのか」

柳沢は首を横に振った。

「手の者が手代たちを吟味《ぎんみ》しましたが、誰もが、喜兵衛が悪事に手を染めていたことに驚き、店を閉めたのは、喜兵衛が袴田惟次に手討ちにされたからだと申します」

左近は、柳沢の目を見た。

「妙だな」

柳沢はうなずく。

「いかに商人とて、手討ちにいたせばお上に届けていたはず。誰の指図かと問いましたところ、喜兵衛が雇っていた番頭らしく、この者が米の行方も知っておりましょうから、今捜させております。されどこの者謎《なぞ》が多く、穂高屋で名乗っていた庄吉《しょうきち》というのは、おそらく偽りの名かと」

柳沢は、左近の心底《しんてい》を探るような目をして問う。

「話は変わりますが、三島町の米問屋、雲南屋辰蔵をご存じですか」

「存じておるが、かの者がいかがした」

「米があり余り、安い値でたたき売っているとの知らせが入りました。これはご存じでしたか」

「地震前の値で売っているのは聞いておるが、貴殿は、穂高屋がしたことと関わりがあると、疑《うたご》うておるのか」

柳沢は逆に問う。

「甲州様は、どのようにお考えですか」

「辰蔵は、見た目は強面だが、心根は優しく、米の値の高騰に苦しむ町の者のために、蔵の米が空になるまで安値で売ると申していた。殊勝なおこないは他の米屋にも広がり、地震の前までとまではいかずとも、市中の米の値が下がりはじめている」

柳沢はうなずき、重々しく告げる。

「いっぽうで、余計なことをすると恨む者もおります。また、安値で売りさばけるのは元手がかかっておらぬ盗品だからではないかという声もありますから、雲南屋辰蔵の米蔵を検めようかと思うておりますが、よろしいですな」

左近が通う町の者だけに、柳沢は気を使っているのだろうか。

「おれに遠慮するとは、珍しいではないか」

砕《くだ》けた物言いをする左近に、柳沢は応じて薄い笑みを浮かべる。

「貴殿のことゆえ、目をつけておられるなら邪魔になるかと思うたまで」

遠慮のない態度に、左近も笑みを浮かべる。

「ではその役目、おれにまかせてくれぬか」

柳沢は、我が意を得たり、といった面持ちでうなずき、帰っていった。

左近は廊下に立ち、雪が降る庭を眺《なが》めながら考えた。

柳沢が動いているなら、穂高屋の番頭は逃げられまい。それはよしとして、気になるのは、雲南屋が疑われていることだ。

長年三島町で米屋をしている辰蔵は、商いのことだけでなく、町の治安や発展に尽力している者だ。

お救い米が消えたことに関わっているとは、とうてい思えぬ。

「小五郎」

声をかけるとすぐ、廊下に小五郎が現れ、片膝をついた。

「柳沢との話を聞いていたな」

「はい」

「念のため、辰蔵を調べてくれ」

「承知いたしました」

役目に徹する小五郎は、親しい間柄でも、命じられれば目を光らせる。

下がる小五郎を見送った左近は、自室に戻った。

待っていた坂手文左衛門が、頭を下げた。

上座に正座した左近に、文左衛門が告げる。

「塀の長屋と、重臣の役宅の修復が終わりましてございます」

「早いな。ご苦労だった」

これで、家臣たちが不自由せずにすむと安堵した左近に、文左衛門が平身低頭した。

「殿に、お願いがございます」

神妙な態度から、意を汲み取った左近が言う。

「権八夫婦の長屋を建てたいのか」

文左衛門は目を丸くした顔を上げた。

左近が笑うと、文左衛門は下を向いた。

「殿が、お気になされているのではないかと思いましたもので」

「よう言うてくれた。権八夫婦だけでなく、お琴とみさえが世話になっておる者たちが暮らす長屋ゆえ、急ぎ頼む」

「はは、では、さっそくかかりまする」

文左衛門が下がると、入れ替わりに奥御殿女中のおこんが来た。手には茶台を持っている。

左近の前に置くと、明るい顔で言う。

「湯殿《ゆどの》の支度ができておりまする」

茶台から湯呑《ゆの》みを取った左近は、熱いのをすすり、おこんに顔を向けた。

目を伏せるおこんに問う。

「ご両親は息災《そくさい》であったか」

「はい」

「家の修復は進んでおるか」

「壁と屋根は、すっかり元どおりになってございました。権八さんが、お知り合いの大工さんに頼んでくださったおかげです」

「宗庵《そうあん》殿を頼る者は多いゆえ、家が元どおりになってよかったな」

「今日も大勢の人が来ておりましたから、手伝いました」

表情を曇らせるおこんのことが、左近は気になった。

「いかがした」

「この寒さの中、一日一食、しかも少ししか食べられない家の子供たちが、風邪《かぜ》をひいて高い熱を出してございました」

「大勢おるのか」

「今日だけでも五十人診《み》たと、父が申しておりました」

「宗庵殿は、足りぬ物があると申していたか」

「いいえ。薬草が無事だったのが幸いして、熱冷ましの薬を出しているそうです」

「宗庵殿のことだ、銭を取っておらぬのではないか」

おこんは返事をせず、曖昧《あいまい》な笑みを浮かべる。

左近は間部を呼び、宗庵に金子《きんす》を届けるよう命じた。

催促《さいそく》したようだと恐縮するおこんに、左近が告げる。

「そなたもしばらく実家を手伝うがよい。おれのかわりに、子供たちの力になってやってくれ」

「殿のかわり……」

ぼそりとつぶやいたおこんは、嬉しそうな顔をして、はいと元気に答え、頭を下げた。

翌朝、おこんが間部と共にふたたび実家に戻ったのを又兵衛から聞いた左近は、雪がやみ、晴れ間が広がる庭を見て言う。

「風邪が流行《はや》っておるようだが、食べ物が少ないせいで、年寄りと子供の身体が弱っているはず。悪い病《やまい》が広まらねばよいがと案じておる」

又兵衛は、神妙な面持ちで答える。

「特に被害が大きかったところは、心配でございますな。食べなければ身体が弱るばかりですから、一日も早く、消えたお救い米が見つかるとよいのですが。それで殿、それがしにも、家来と共に米を捜させてくだされ」

「それは心強い。よろしく頼む」

「はは」

又兵衛は四人衆を動かすべく、己の屋敷に向かった。

八

「細木屋、役人どもが目の色を変えて穂高屋の番頭を捜しておるが、逃げなくてもよいのか」

酒臭《さけくさ》い息を吐きながら言う正虎に、志郎右衛門は酌をしてやりながら、薄い笑みを浮かべた。

「似面絵《にづらえ》を見たか」

正虎は鼻で笑った。

「誰の言葉を元にしたのか知らぬが、あの角ばった顔は、どう見ても前の番頭だ」

「手代どもが、わたしの言うとおりにしておるのだ。金の力とは、まことに恐ろしいものよ。公儀は、もうこの世におらぬ者を捜しておる」

「しかし、町の連中が別人だと言えば、いずれおぬしに手が伸びるのではないか」

「他人の空似だと、白《しら》を切ればよい。こういう時のために、この細木屋を持っていたのだからな」

「なるほど」

「それよりも正虎、仕事が遅いではないか」

厳しい目を向けられて、正虎はほくそ笑む。

「そう怖い顔をするな。確実に葬《ほうむ》る策を考えておったのだ」

「吉報を待っておるぞ」

志郎右衛門が追加の金を差し出すと、正虎は引き取り、重さに満足した顔をして酒をすすめた。

受けずに立ち上がる志郎右衛門に、正虎が言う。

「娘は、おれがいただくぞ」

「好きにしろ」

帰る志郎右衛門を見送った正虎は、下卑《げび》た笑みを浮かべて、酒をがぶ飲みした。

小雪が舞う昼過ぎ、穂夏は春吉と二人で、得意先の料理屋に米を届けに出かけた。

米を積んだ荷車を引く春吉の横に並んで、雑談をしながら海辺の道を歩いていると、大名屋敷の漆喰塀《しっくいべい》の角から、黒塗りの編笠《あみがさ》を着けた浪人風の男が出てきて、こちらに向かいはじめた。

狭い道だ。

春吉は荷車を海辺に寄せて止まり、穂夏を背中に守りつつ、浪人風が通り過ぎるのを待った。春吉がそうしたのは、編笠の前を持ち上げた浪人がこちらを見る目が不気味で、恐ろしくなったからだ。

固唾《かたず》を呑《の》み、見ないようにして止まっていると、近づいた浪人が、

「かたじけない」

落ち着いた優しい声をかけ、通り過ぎてゆく。

安堵した春吉は、穂夏の手を引いた。

「行きましょう」

穂夏は嬉しそうに微笑み、また雑談をしながら歩いていると、前から町駕籠《まちかご》がやってきた。しかも、二つ続いている。

すれ違えないため、春吉は困った顔をした。武家屋敷の裏手の道は戸口もなく、町家もないため、いつもは駕籠など来ないからだ。

「道を間違えたのだろうか」

春吉がそうこぼしていると、男たちが駕籠を下ろしてこちらに向かってきた。

穂夏が声をかける。

「ごめんなさい。すぐ先に広い場所がありますから、下がっていただけませんか」

だが、男たちは返事をせず近づいてくると、帯から棒を抜いて、春吉の頭を打った。

いきなりだったため身構えることもできなかった春吉は、うっ、と声を吐き、昏倒《こんとう》した。

倒れる春吉を受け止めて肩に担《かつ》ぐ男を、穂夏は声も出せずに呆然《ぼうぜん》と見ている。

その穂夏に迫った男が、我に返って悲鳴をあげようとする穂夏の口を手で塞ぎ、細い首に腕を回して絞《し》めた。

もがいていた穂夏だが、ふっと落ちるように気を失った。

先ほど穂夏たちとすれ違った浪人風が、こちらを見ている。

気を失った春吉と穂夏を駕籠に押し込んだ男たちがその場から去ると、浪人風は、編笠の前を持ち上げてほくそ笑んだ。この男は、正虎だ。

店の帳場に座り、筆を走らせていた辰蔵は、手を止めて顔を上げた。表の戸口から見える外は、すっかり薄暗くなっている。

「穂夏の奴、遅いな。春吉と、甘い物でも食べているのだろうか」

横で茶を淹《い》れていた女房が笑った。

「今日はもう配達がないのですから、いいじゃありませんか」

「そうはいってもな、遅いじゃないか」

「春吉が一緒ですから、心配いりませんよ。はい、お茶をどうぞ」

外を見ながら口に運んだ辰蔵は、

「熱っ！」

驚いて、湯呑みを見た。

見知らぬ男が店に駆け込んできたのは、その時だ。

「穂夏という娘さんは、こちらのお嬢さんですか？」

辰蔵は湯呑みを置いた。

「そうですが、娘がどうかしましたか」

焦った様子の男は言う。

「お宅の娘さんが、荷車の下敷きになりました。大怪我《おおけが》ですから、すぐに来てください」

悲鳴をあげて動転《どうてん》する女房を下女にまかせた辰蔵は、大急ぎで店から出た。

前を走る男は、穂夏がいつも使っている海辺の道に入った。

間違いであってくれと念じていた辰蔵は、可愛い娘を心配するあまり、視界がぼやけてきた。

「娘の怪我は、そんなにひどいのですか」

男は立ち止まって指差す。

「あそこです」

確かに、米を積んだ荷車があるものの、穂夏の姿はない。

「どういうことです」

振り向いて問うと、男は邪悪な笑みを浮かべ、懐に手を入れて刃物を抜いた。

「先にあの世で待っていろ。そのうち娘も送ってやる」

「何をする！」

叫ぶ辰蔵に切っ先を向けた男が、刺し殺さんと向かってくる。

恐怖に目をつむった辰蔵だったが、男が呻《うめ》いたので見ると、右肩に黒い何かが突き刺さっていた。

顔を歪《ゆが》めた男が、怒りの声を吐いて辰蔵に刃物を振るってきた。

下がりながら両手でかばった辰蔵は、腕を斬られた。

男はふたたび襲いかかろうとしたが、辰蔵の背後を見て舌打ちすると、走って逃げてゆく。

「どこを斬られた」

声をかけられた辰蔵は振り向き、目を見開いた。

「小五郎さん」

これまで見たことがない小五郎の険しい顔に驚いていると、小五郎は右腕の傷に手拭《てぬぐ》いを当ててくれ、その後ろを、見知らぬ男が走り抜けた。

逃げた男を追って走る後ろ姿を見た辰蔵は、腕の痛みに顔を歪めた。

手早く手拭いを巻いてくれた小五郎に、辰蔵は頭を下げ、荷車のところに行った。

「確かにうちの荷車だが、娘と春吉がいない」

心配する辰蔵に、小五郎が言う。

「必ず見つかりますから、今は傷の手当てをしましょう」

雲南屋に連れて帰ると、女房が血を見て卒倒《そっとう》した。

下女が女房を介抱《かいほう》するのを横目に、小五郎は辰蔵の傷の手当てをはじめた。

左近に命じられて、辰蔵を探っていたのが幸いしたのだが、穂夏を見ていなかったのを後悔した。

狙ったのは何者か。

心配しつつ、下女が持ってきた焼酎《しょうちゅう》を受け取った小五郎は、辰蔵の傷にかけた。

痛みに呻いて歯を食いしばる辰蔵を励《はげ》ます。

「傷は浅いから大丈夫です」

下女に新しい晒《さらし》を持ってこさせ、血止めの薬を塗って傷に当てると、右肘から手首まで巻いた。

落ち着いたところで、小五郎は外に出た。

通りを行《ゆ》き交《か》う人混みの中に、店を見張る人影は見当たらないが、小五郎は念のため、周囲を確かめた。

曲者《くせもの》を追った配下が戻ったのは、日が暮れて半刻《はんとき》（約一時間）ほどが過ぎた頃だ。

小五郎は案内させ、夜道を走った。

向かったのは、海辺にある船宿《ふなやど》だ。

再建をしたらしく、新しい建物の二階に隠れている曲者は畳に仰向けになり、仲間に肩の手裏剣を抜いてもらい、痛みに苦しんでいた。

その頭上の外障子が開けられ、黒装束《くろしょうぞく》をまとった小五郎と配下が押し入った。

そばにいた男が目を丸くして立ち上がり、刃物を抜こうとしたが、小五郎の配下が腹の急所を刀の鐺《こじり》で突いて気絶させた。

這《は》って逃げようとした男の前に立った小五郎が、小さな紙の包みを見せて言う。

「手裏剣には猛毒が塗ってあった。これを飲まねば、苦しみ抜いて死ぬぞ」

「ひっ、たっ、助けて」

手を伸ばす男から離れた小五郎は、厳しく問う。

「死にたくなければ答えよ。穂夏と春吉は、生きているのか」

「はい」

「どこにおる」

男はためらったが、傷の痛みに襲われて顔を歪め、死の恐怖に息を荒くしつつも、すべてを白状した。

小五郎は、男に毒消しだと偽って眠り薬を飲ませて手足を縛り、配下に命じる。

「急ぎ殿にお知らせしろ」

「お頭《かしら》は、一人で行かれるのですか」

「待っている時はない。急げ」

配下が二階の窓から飛び降りるのに続いて出た小五郎は、屋根から屋根に跳び移り、音もなく走り去った。

九

気を失っている穂夏を眺めながら酒を飲んでいた正虎は、外に人の気配を察して顔を向けた。

荒々しく蔵の戸を開けた志郎右衛門が、縛られて気を失っている春吉と穂夏を見て、不機嫌な目を向ける。

「連れてくるとはどういう了見だ」

「そう怒るな。ここならば、誰にも邪魔されぬからだ」

「辰蔵は、始末したのだろうな」

正虎は、鋭い目を向けた。

「今頃は、三途《さんず》の川を渡っておるから安心しろ」

「この者たちをどうするつもりだ」

「たっぷり楽しんで、父親のところへ送ってやるさ」

志郎右衛門は、厳しい声で言う。

「大切な米を、血で汚してはならぬぞ」

奥に山と積まれた米俵に振り向いた正虎は、言われなくてもわかっていると言い返した。

志郎右衛門は、始末を終えたら母屋に来いと告げて出ていき、戸が閉められた。

正虎は、気を失っている穂夏の右頬《みぎほお》に指を滑らせ、着物の裾《すそ》を割った。

露《あら》わになった色白の足を触り、手を奥へと滑り込ませようとした時、穂夏が意識を取り戻した。

穂夏は目を見開き、恐怖に満ちた顔で抵抗するも、両腕の自由を奪われ、猿ぐつわを嚙《か》まされているため言葉にもならぬ。

「おとなしくしろ」

脇差を抜いて脅《おど》すと、穂夏は息を吞み、抵抗をやめた。

にやついた正虎は、穂夏の足の付け根に手を滑り込ませ、首に顔を近づけようとしてやめた。戸が開けられたからだ。

また志郎右衛門が来たのだと思い、

「まだ何か文句があるのか」

忌々《いまいま》しげに振り向くと同時に、横に転がって愛刀をつかんだ。

黒装束をまとった小五郎が、手裏剣を投げ打つ。

正虎は愛刀の柄《つか》で受け止め、突き刺さった手裏剣を見て険しい顔をする。

「公儀の手先か」

「甲府宰相《さいしょう》の家来、吉田《よしだ》小五郎だ」

珍しく名乗った小五郎に、正虎は薄い笑みを浮かべた。

「噂に聞く綱豊《つなとよ》に知られたなら、もはやこれまで」

愛刀の柄をつかんでいる右手を離した正虎は、脱力して観念したようだ。

小五郎が油断なく告げる。

「刀を床に置け」

応じた正虎は、床に置くと見せかけて刀身を鞘走《さやばし》らせ、小五郎の足をめがけて一閃《いっせん》した。

戸口から外へ跳びすさってかわす小五郎を追って出た正虎は、一足飛《いっそくと》びに間合いを詰め、幹竹割《からたけわ》りに打ち下ろす。

その太刀筋《たちすじ》は凄《すさ》まじく、小五郎は左に転がり、辛《かろ》うじてかわした。

起きると同時に手裏剣を投げたが、正虎は刀で弾《はじ》き飛ばし、猛然と迫る。

「むんっ！」

気合をかけて袈裟《けさ》斬りに打ち下ろされた一刀を、小五郎は忍び刀で受け流す。

胴を狙って右から刀を振るう正虎。

小五郎は、手甲《てっこう》を着けた右腕で刃《やいば》を受け止めると同時に、左手で逆手に持つ忍び刀を相手の太腿《ふともも》に突き刺した。

激痛に呻いた正虎が、恨みに満ちた顔で小五郎の首をつかもうとしたが、こめかみを柄頭《つかがしら》で打たれ、昏倒した。

あたりを警戒した小五郎は、米蔵に駆け込んだ。

蔵の中では両腕を縛られ、猿ぐつわを嚙まされた穂夏が、縛られたまま気を失っている春吉の目をさまさせようと、そばに近寄って必死に声をかけようとしている。

覆面姿の小五郎は穂夏に駆け寄り、素早く猿ぐつわと縄を解いた。そして穂夏をどかせ、春吉の縄も解き、血が出ている頭の傷を確かめる。

棒で打たれた額《ひたい》は皮膚が裂けているが、首の脈は強い。

小五郎は懐から小さな瓢箪《ひょうたん》を出して栓《せん》を抜き、春吉の鼻に近づけた。

すると、春吉は眉間に皺を寄せたかと思うと、ゆっくり目を開けた。

「春吉さん！」

穂夏の声に顔を向けた春吉は、無事でよかったと安堵の笑みを浮かべる。

咳《せ》き込んだので、小五郎は瓢箪に栓をして言う。

「これは気付け薬だ。頭は朦朧《もうろう》とせぬか」

「はい」

起きようとした春吉は、傷を押さえて顔をしかめたが、意識はしっかりしている。

「もう大丈夫だ」

小五郎は二人に言うと春吉に手を貸して立たせ、蔵から連れて出た。

そこへ、三人の用心棒が来て、刀を抜いて逃げ道を塞いだ。穂夏と春吉は、自分たちを攫った四人のうちの二人の男が匕首《あいくち》を抜くのを見て身を寄せ合い、春吉が小五郎に告げる。

「お役人様、手前どもを攫った四人の中に、あの二人がいました」

小五郎は、着流し姿の二人に目を向け、その後ろにある母屋から出てきた商人風の男と女を見た。

「細木屋志郎右衛門か」

穂夏と春吉を守る小五郎に、志郎右衛門は憎々しげな面持ちで問う。

「わたしの名を、どうやって突き止めた」

「雲南屋辰蔵を殺そうとした者が、すべて白状した。逃げられはせぬぞ」

志郎右衛門は、意識を取り戻していた正虎を睨《にら》んだ。

用心棒が小五郎に斬りかかろうとした時、馬の嘶《いなな》きが夜空に響き、黒装束をまとった小五郎の配下が板塀を乗り越えて飛び込んできた。

足を刺されて動けぬ正虎は、恐れた顔で叫ぶ。

「この者どもは、甲府宰相の手下だ」

「何！」

志郎右衛門が顔を引きつらせ、雪世の手を取って逃げようとしたが、馬を馳《は》せて来た左近が現れた。

葵《あおい》の御紋《ごもん》が染め抜かれた黒の羽織と、灰色の袴《はかま》を着けている左近を見て、志郎右衛門は息を呑む。

すると雪世が、左近に助けを求めた。

「わたくしは、袴田惟次の妻です。この者が夫を切腹に見せかけて殺し、わたくしを攫ったのです」

志郎右衛門が目を丸くした。

「裏切るのか！」

雪世は恐れた声をあげた。

「甲州様、お助けください！」

「おのれ！」

突然の裏切りに激怒した志郎右衛門は、雪世を突き離したかと思うと、腰の刀を抜いて斬った。

「ぎゃあああっ」

断末魔《だんまつま》の悲鳴をあげた雪世が倒れ、すぐに静かになった。

左近が安綱を抜くと、志郎右衛門は羽織を飛ばして正眼《せいがん》に構え、気合をかけて斬りかかった。

左近は、右手のみで刀を打ち払う。

手から離れた刀がくるくると飛び、母屋の壁に当たって落ちた。

志郎右衛門は背を向けて逃げようとしたが、左近に峰打《みねう》ちされてのけ反《ぞ》り、気を失って倒れた。

用心棒どもは左近を恐れ、刀を捨てて逃げようとしたのだが、小五郎と配下たちがことごとく取り押さえ、縄をかけた。

穂夏と春吉はその様子を呆然と見ていたが、春吉がはっとして左近を指差した。

「新見様ではありませんか」

「ええっ！」

驚いた穂夏が目をこすって、じっと見てきた。そして左近だと気づいて、地べたに両手をついた。

「新見様、いえ、甲州様。お助けいただき、ありがとうございました」

「無事でよかった。辰蔵と母御《ははご》が心配しておるから、元気な顔を見せてやりなさい」

嬉しそうな顔をする二人に、左近は笑顔でうなずいた。

後日、綱吉に呼び出された左近は、中奥御殿の御座の間で、二人きりで対面した。

上機嫌の綱吉は、左近をねぎらった。

「細木屋志郎右衛門は、欲のあまり売る機会を逃し、奪った米は、すべて蔵に残っておった」

溜め込んでいたのは三万石だと言われて、左近は驚いた。

「それだけあれば、米の値が上がるのを抑《おさ》えられ、何より家を失った者たちが、食べる物に苦労せずにすんだはず」

「余も、飢えて命を落とした者が哀《あわ》れでならぬ。志郎右衛門とその一味は、必ずや厳しく罰する」

左近はうなずいた。

綱吉が改めて言う。

「今日は、そなたに頼みがある」

「なんなりとお申しつけください」

「取り戻した米をそなたに預ける。しかと、民に届けてくれ」

左近は快諾した。

「承知いたしました」

満足そうにうなずいた綱吉は、めったに見せぬ笑みを浮かべた。

地震の復興が順調に進んでいる中、頭痛の種《たね》となっていた米が戻ったからだろうと、左近は思うのだった。

綱吉は笑みを消し、目を伏せていささか逡巡《しゅんじゅん》したようだが、左近を見てきた。

「地震の混乱がようやく収まりつつあるが、江戸市中で、熱病が広まっておるようだ」

「悪い病ですか」

「まだはっきりしたことはわからぬが、吉保はそちらの対応に追われておる。そなたも、用心いたせ」

「はは、上様もお気をつけくだされ」

「うむ、下がってよい。米の件、くれぐれも頼むぞ」

左近は頭を下げ、御座の間を出ていく綱吉を見送った。そして、流行病《はやりやまい》を気にしつつ廊下を歩いていると、庭に一羽の鶴《たんちょう》が舞い降りてきた。

凛《りん》とした美しい姿に足を止めた左近は、お琴とみさえに見せてやりたいと思うのだった。

第二話　公方《くぼう》の宝

一

元禄十七年（一七〇四）三月十三日、昨年起きた大地震の忌《い》まわしい記憶を払拭《ふっしょく》するべく、元号が宝永《ほうえい》に改められた。

公儀も復興のための予算を大幅に増やし、被害が大きかった町は生き返ろうとしている。

江戸から逃げていた者たちも戻りはじめ、宝永という新しき世に向けて希望を持って生きようとしている。

そんな中、将軍家ではよろしくないことが起きた。将軍綱吉の愛娘《まなむすめ》である鶴姫《つるひめ》が、病《やまい》に倒れてしまったのだ。

本丸御殿の御用部屋で、紀州藩《きしゅうはん》の江戸家老から知らせを受けた柳沢は、眉間《みけん》に深い皺《しわ》を寄せ、言葉を失った。

常に鶴姫の安寧《あんねい》を願っている綱吉の気持ちを考えると、耳に入れるのが恐ろしい。

容体《ようだい》が思わしくないと聞いた柳沢が次に憂《うれ》えたのは、鶴姫に万が一のことがあれば、娘婿《むすめむこ》である紀州藩主の徳川綱教《とくがわつなのり》が綱吉の跡を継ぐのが難しくなるということだ。

綱豊が甲府藩邸に下がったことで、諸大名のあいだでは、綱教が次期将軍だと目《もく》されるようになり、この頃は、民にも広まりつつある。

そんな時に、鶴姫が病に倒れたことが知れ渡ればどうなるか。

世の混乱を恐れた柳沢は、目の前で両手をついたままの紀州藩江戸家老に厳しく告げる。

「名のある医者を集めて遣《つか》わす。貴殿は立ち戻り、鶴姫様が病を得られたことが外に漏れぬよう、家中の者に徹底せよ」

「はは！」

江戸家老は、そこまで頭が回っていなかったのか、慌《あわ》てて帰っていった。

中奥御殿に向かった柳沢は、書物を読み、学問をしていた綱吉の前に正座した。

すぐに言葉が出ぬ柳沢に、綱吉は書物から目を離し、怪訝《けげん》そうな顔をした。

柳沢は、目に涙を浮かべている。

「吉保、いかがした」

「紀州藩邸から急使がまいりました。鶴姫様がご病気の由《よし》と、承《うけたまわ》りました」

「何！」

綱吉は立ち上がろうとして、ふらついた。

身体を支えようと近づく柳沢の腕をつかんだ綱吉は、ひどく動揺した様子だ。

「どこが悪いのじゃ」

「高い熱を出されてお倒れになり、今は意識がないそうにございます」

綱吉はより一層恐れた顔をして、柳沢の腕をつかんだ手に力を込めた。

「まさか、疱瘡《ほうそう》か」

柳沢は目を伏せた。

「紀州藩の御殿医《ごてんい》が、そう判断したそうにございます」

「まさか……」

愕然《がくぜん》とした綱吉は、あり得ぬと叫んだ。

「妄言《もうげん》を吐くな。吉保、冗談だと言うてくれ」

うろたえる綱吉に、柳沢は悲しげな目を向けている。

「なんたることじゃ」

恐れていたことが起きたとつぶやいた綱吉は、眉間を右手の指でつまみ、長い息を吐いた。

「どのようなことをしても、必ず鶴を助けよ」

「これより名医を集めて遣わします。お身体に障《さわ》りますから、どうか、おこころを穏やかにお過ごしください」

柳沢は茶台を差し向けた。

応じて湯呑《ゆの》みを取った綱吉は、一口飲んで、また長い息を吐いた。

「桂昌院《けいしょういん》様にお伝えせねば」

隠しておけばあとで叱《しか》られると言って立ち、座敷から出た綱吉であったが、障子をつかんだかと思うと、倒れてしまった。

「上様!」

駆け寄った柳沢は、完全に気を失っている綱吉の身を案じ、人を呼んだ。

可愛い孫娘だけでなく、綱吉までもが床に臥《ふ》せってしまったのを知った桂昌院は、老《お》いた身体を奮《ふる》い立たせ、神仏に頼るべく神社仏閣《じんじゃぶっかく》に通いはじめた。

綱吉は意識を取り戻したものの、起き上がる気力までは出ていない様子だ。

柳沢が、桂昌院が祈禱《きとう》をしていると伝えても、綱吉は天井を見つめたまま答えず、目尻から涙をこぼすのだ。

柳沢は声をかけようとしたが、今は何も話しかけるべきではないと思いなおし、頭を下げて立ち去ろうとした。

「桂昌院様は……」

弱々しい声に振り向くと、綱吉がゆっくりと身を起こし、柳沢を見て告げる。

「ご高齢ゆえ、無理をさせてはならぬ。神仏のご加護があると信じて、休むよう伝えよ」

「はは」

「それから、医者のことじゃ。綱豊の奥医師は名医と聞く。その者を遣わすよう、綱豊に頼め」

「しかし……」

「綱豊には、知られてもよい。鶴のためじゃ。急げ」

「はは」

柳沢は異存を胸にとどめ、素直に従った。

二

柳沢から鶴姫の病を告げられた左近は、急ぎ西川東洋《にしかわとうよう》を紀州の藩邸に行かせることを約束した。

そのうえで問う。

「上様は、いかがお過ごしか」

柳沢の表情がより険しくなった。

「しばらく寝込まれましたが、今朝は起きられ、食事もおとりにならぬまま仏間に籠《こ》もっておられます。また桂昌院様は、朝から護国寺《ごこくじ》にまいられ、今頃はご祈禱をなさっておいで* でしょう」

さぞご心痛であろう、と述べた左近は、鶴姫の快復を願い、間部詮房を東洋のもとへ走らせた。

その間部と共に紀州徳川家の上屋敷へ急いだ東洋は、対応に出た藩士から、表門までだと言われた間部と別れ、中に入った。

徳川御三家《ごさんけ》の屋敷に初めて足を踏み入れた東洋は、唐破風《からはふ》の門や表御殿の大きさに驚き、いかに左近が慎《つつ》ましやかに暮らしているかを、改めて思うのだった。

通された表御殿の座敷で待っていると、小姓《こしょう》を連れた若殿が来た。葵《あおい》の御紋《ごもん》が入った黒地の羽織《はおり》の下は、鮫小紋《さめこもん》の着物。これに灰色の袴《はかま》を合わせた身なりを見て、東洋は平伏《へいふく》した。

茵《しとね》に座した若殿が、まずは名乗った。

「綱教だ、面《おもて》を上げてくれ」

覇気《はき》がない声に応じて顔を上げた東洋に、綱教は沈んだ面持《おもも》ちで告げる。

「柳沢殿が名医を何人か遣わしてくれたが、一向にようならぬ。東洋殿、このとおりだ。奥を助けてやってくれ」

「持てる力の限りを尽くします」

落ち着いた声で答えた東洋は、小姓の案内で奥御殿に渡った。

鶴姫の寝所は、将軍の娘だけに、外から見えぬよう高い漆喰塀《しっくいべい》に囲まれ、手入れが行き届いた庭がある。

障子が閉め切られた部屋の前に侍女《じじょ》が二人控えており、小姓と東洋が行くと揃《そろ》って頭を下げた。

その侍女たちが障子を開け、東洋を促《うなが》す。

頭を下げてその場に控える小姓を横目に、東洋は寝所に入った。

次の間には三人の医者がおり、鼻と口を布で覆《おお》っている。東洋に向けられた六つの目は、いずれも暗い影を宿《やど》しており、その中の一人は、小さく首を横に振ってみせた。もはや助からぬと言いたいのだ。

まずは三人から病状を聞いた東洋は、鼻と口を布で隠し、鶴姫のそばに行った。

意識はなく、皮膚には疱瘡の特徴である発疹《ほっしん》が見られ、顔全体が赤くなっている。

腕と足にも出ており、身体を見るまでもなく全身に広がっているようだ。

高熱が続いており、衰弱が激しく、呼吸がよくないため、このままでは持って数日か。

そう判断した東洋は、そばを離れ、医者たちのところへ下がった。

三人は先に立ち、東洋を隣の座敷に誘った。

続いて入ると、座る間もなく、首を横に振ってみせた医者が渋い顔で口を開く。

「わたしは、海野《うみの》と申します」

東洋はその名に覚えがあった。

「正禱殿《しょうとう》ですか」

「はい」

薬草の知識が豊富な名医に、東洋は改めて頭を下げた。

「お噂《うわさ》はかねがね。わたしは、西川東洋と申します」

名を知らぬらしく、海野は落胆を隠さず問う。

「我らは柳沢様に命じられて来ました。力を合わせて薬を投じてまいりましたが、そなた様の診立《みた》てをお聞かせください」

顔に疲労をにじませて注目する三人を見た東洋は、苦渋《くじゅう》の表情で答える。

「望みは薄いように思われます」

「やはりそうですか」

肩を落とした海野が、禿頭《とくとう》の医者と二人並んで立った。

もう一人の初老の医者が、尼崎梅雪《あまがさきばいせつ》と名乗り、不安そうな顔で告げる。

「おぬしもその腕を買われて遣わされたのであろう。命が惜しければ、鶴姫様を死なせてはならぬぞ。万一のことあらば……」

「梅雪殿」

止める禿頭の医者に、梅雪は言う。

「滝山《たきやま》殿、これはわしの妄言ではない。確かなことだ」

その言葉が引っかかった東洋は、眉間に皺を寄せた。

「助けられなければ、どうなるのか」

梅雪が渋い顔を向けて答える。

「柳沢様は、鶴姫様のことが世に漏れぬよう厳命なされた。綱教様が上様の跡を継がれるまで隠そうとされるはずだ。このまま姫を助けられねば、我らは口封じに殺されるに決まっておる」

「だから、妄言はよせと言うておる」

滝山が強い口調で止めると、梅雪が反論した。

「よう考えてみろ。我らはここに入った時から、一歩も外に出られておらぬではないか。それに、鶴姫様を初めに診ていた御殿医たちは、昨日から顔を見せぬようになった。役立たずと見なされ、牢に入れられたに違いないのだ」

「しいっ、声が大きい」

滝山が廊下を気にして止めたが、梅雪は不安をぶつける。

「東洋殿、熱を下げることができなければ、我らとて何をされるかわからぬぞ」

「そのようなことは、甲州様が許されぬ」

東洋の言葉に、三人は目を見張った。

「おぬしは、甲州様の御殿医か」

問う梅雪に東洋がうなずくと、三人は安堵《あんど》の息を吐き、気が抜けたように座った。

それを先に教えてくれと言う梅雪に、東洋は重々しく告げる。

「先ほどは望みが薄いと申しましたが、我ら四人が力を合わせれば、道が開けるかもしれませぬ。あきらめず、熱を下げる手を考えましょう」

梅雪が天を仰《あお》いだ。

「大雪が積もった頃ならば、お身体を冷やすこともできたろうに」

「ないものを考えて嘆《なげ》いても仕方ないですぞ」

東洋は梅雪の背中をたたき、疱瘡の熱を下げる薬を常々考えていたと皆に告げ、己の知識を包み隠さず伝えた。

三人は今日まで知恵を出し尽くしていたようで、東洋の考えに明るい顔をする者は残念ながらいなかった。

熱に効く薬草は、ほぼすべて投じていたのだ。

「一時《いっとき》は熱が下がり、鶴姫様は意識を取り戻されましたが、今はもう……」

首を横に振る海野に対し、東洋は望みを絶《た》つことなく、新たな薬を試そうと持ちかけた。

処方箋《しょほうせん》に知恵を絞《しぼ》る東洋たちを綱教が呼んだのは、日が暮れてからだった。

表御殿の座敷に渡った四人の前に座った綱教は、心痛にやつれた面持ちで問う。

「東洋殿、奥は助かるか」

三人の医者が東洋に注目した。

偽《いつわ》りを述べても意味がないと思った東洋は、黙って答えを待つ綱教の顔を見て告げる。

「ただいま薬を処方しておりますが、効き目が見られず、五日が過ぎても熱が下がらぬ時は、お覚悟を」

綱教は困惑の色を浮かべたが、それは一瞬だ。顔には怒気《どき》が浮かんでいる。

「これまで何人もの医者が熱を下げようとしたが、奥は弱るいっぽうじゃ」

「手を尽くしまする」

答えた東洋に続き、梅雪が言う。

「薬が効き、少しのあいだ熱が下がりました時、奥方様は目を開けられました。望みはございます」

「それは一度きりであろう」

あの時は糠喜《ぬかよろこ》びだったと東洋にこぼした綱教は、辛《つら》そうな顔をして額《ひたい》に手の甲《こう》を当てた。

「五日と申すなら、それまでそばにいてやりたい」

優しい綱教は、鶴姫の寝所に行こうと立ち上がった。

慌てた家来たちが、廊下で片膝《かたひざ》をついてそれを防ぐ。

東洋が言う。

「疱瘡を侮《あなど》ってはなりませぬ。綱教様にうつれば一大事。お辛いでしょうが、離れた場所からお見守りくだされ」

東洋の言葉を受けて平身低頭《へいしんていとう》し、控えるよう懇願《こんがん》する家来たちを前に、綱教は強引に行こうとはせず、東洋に向いて頭を下げた。

「なんとしても、奥を助けてくだされ」

東洋は両手をついて応じ、三人の医者と共に鶴姫の寝所に下がった。

綱教は、庭から鶴姫の様子を見ると言って同道し、奥御殿の廊下から外に出ると、心配そうに見てきた。

東洋が寝所に入ると、侍女たちが鶴姫の汗を拭《ぬぐ》っているところだった。

二人の侍女のうち一人が頬《ほお》を赤らめ、呆然《ぼうぜん》とした表情をしているのに気づいた
東洋は、額に手を当てた。

「高い熱が出ておる」

侍女は覚悟をしていたのか、恐れた顔をするでもなく、大丈夫です、と答え、鶴姫の世話を続けようとした。

止めた東洋は蔓延《まんえん》を恐れ、庭に控えている小姓に告げる。

「綱教侯を急ぎ表御殿にお戻しくだされ。これより奥御殿を閉鎖し、誰も外へ出してはなりませぬ」

侍女たちは騒ぐことなく、梅雪らの指示に従い対処に動いた。

「鶴姫！」

動揺した綱教が声を張り上げたが、小姓たちに囲まれて表御殿に離された。

東洋は熱を出した侍女を六畳間に隔離《かくり》し、薬を飲ませて休ませた。

己の身より鶴姫を案じて涙をこぼす侍女の忠節に胸が熱くなった東洋は、医術をもって応《こた》えるべく、薬作りに没頭《ぼっとう》した。

三

城の行事で登城した左近は、白書院《しろしょいん》に集まった諸大名の前列に座し、綱吉を待った。

程なく現れた綱吉は、顔色が優《すぐ》れず、一同が平伏して迎える中、力ない足取りで上段の間の中央に進み正座した。

柳沢の声がけで顔を上げた諸大名たちは、意気《いき》消沈《しょうちん》した様子の綱吉を見てざわついた。憔悴《しょうすい》した姿など、これまで見せたことがなかった綱吉の異変に気づき、心配しているのだ。

柳沢の進行で行事がおこなわれるあいだも、綱吉は一点を見つめて考えごとをしており、一言も言葉を発しない。

柳沢に促されてようやく、大儀である、と皆に声をかけたものの、終始うわの空だった。

心配した左近は、行事が終わって諸大名が下がると、柳沢に告げた。

「上様と二人で話をしたい。取り次いでくれ」

柳沢は、険しい顔を横に振る。

「今は、ご遠慮くだされ」

「食事はとられておるのか」

「今朝はようやく、粥《かゆ》を食されました」

粘っても柳沢は聞かぬだろうと思った左近は、あきらめて白書院から出た。

控えの間に戻るべく廊下を歩いていた左近は、綱教を見かけて声をかけた。

足を止めた綱教は、左近だと気づいて歩み寄ってきた。

「西川東洋殿がようしてくれております」

第一声がそれなのも、鶴姫のことが頭から離れぬ証《あかし》。

頭を下げた綱教の顔に笑みはない。

「奥方に、快復の兆《きざ》しは見えましたか」

問う左近に、綱教はためらいを見せた。

気落ちしている表情から、芳《かんば》しくないのだと汲《く》み取った左近は、答えを待たずに案じた。

「上様同様、貴殿もひどく疲れたご様子。お家のためにも御身《おんみ》を大切に、あまり無理をなされぬように」

「おそれいりまする」

綱教は真顔で頭を下げ、早々に立ち去った。

左近が帰途についた頃、柳沢の御用部屋では、幕閣たちによる合議がなされていた。

議題は、疱瘡のことだ。

地震の復興が急がれる江戸市中で、悪しき疱瘡が広まるのを恐れた幕閣の一人が、柳沢に言上《ごんじょう》した。

「なんとしても、疱瘡が広まるのを止めねばなりませぬ。そこで、それがしによい考えがございます」

鶴姫の病を知る由《よし》もない幕閣の者らに対し、柳沢は耳を傾《かたむ》けた。

「申してみよ」

「疱瘡にかかった者を一カ所に集めて、隔離するべきです」

それでは家の者が納得すまい、との声があがり、熱が入った議論が交《か》わされた。

黙って聞いていた柳沢は、鶴姫を苦しめ、綱吉を悲しませる疱瘡を憎んでいただけに、頃合いを見て告げた。

「ここはやはり、病人を隔離するべきだ。各町に養生所《ようじょうしょ》を設《もう》けるよう、急ぎお触れを出すこととする」

時がかかるのは目に見えていた。だが、やらねば疱瘡の蔓延を抑《おさ》えられぬと皆に告げた柳沢は、すぐに動くよう命じた。

異を唱《とな》えていた者も柳沢には逆らわず従い、御用部屋から下がった。

一人残った柳沢は、深い息を吐き、寝不足の頭痛に顔を歪《ゆが》めつつも、この苦難を乗り越えるべく役目に励《はげ》んだ。

四

公儀から疱瘡に対するお触れが出されたことは、江戸市中に暮らす者たちを恐怖に陥《おとしい》れた。

地震の混乱で伝達がうまくいっていなかったこともあり、恐ろしい疱瘡が広まっていると、初めて知った者が多かったのだ。

これを皮切りに、熱を出した者への風当たりが一変し、白い目が向けられるようになった。

そんな中、一人の若者が町中をふらふらと歩いてきて、三島屋の前で倒れた。仰向《あおむ》けになり苦しそうにしているのを見て、熱があると疑った店の客たちが恐れ、騒然となった。

外に出たおよねが、店の中に声をかける。

「発疹《ほっしん》がないから大丈夫ですよ」

だが客の中には、倒れた男に汚い物を見るような目を向け、外に出ようにも戸口のそばにいるので逃げることもできず、恐慌《きょうこう》をきたす者がいた。

お琴はその女の背中をさすり、優しく対応する。

「裏に案内しますから、落ち着いてください。さあこちらですよ」

若い女は、病がうつる恐怖から逃げたい一心で、お琴に従った。

倒れている若者を見ていたみさえは、水をください、という男の小さな声を聞いて、台所に急いだ。水瓶《みずがめ》の蓋《ふた》を取り、柄杓《ひしゃく》ですくって湯呑みに入れると、こぼれないよう気をつけながら男のところへ行った。

別の客を裏に案内して戻ったおよねが、みさえが男に水を飲ませているのに気づいて声を張り上げた。

「みさえちゃん、だめよ」

言った途端に男が咳《せ》き込み、口から噴き出した水がみさえの顔にかかってしまった。

みさえは、何が起きたのかわからないといった様子で、顎《あご》から地面にしたたり落ちる水を見ている。

見ていた客が悲鳴をあげた。疱瘡がうつる、と叫ぶ者もいる。

慌てたおよねが、

と声を張り上げ、手拭《てぬぐ》いを持って出てきた。

「おかみさん!」

みさえはまだ呆然としていたが、疱瘡がうつるという声に恐れた顔をした。

そこへ小五郎が駆けつけ、着物の袖《そで》で顔を拭《ふ》こうとしたみさえの手を止め、およねから受け取った手拭いで顔を拭いてやった。そして、慌てて出てきたお琴に言う。

「念のため、触れないでください。みさえちゃん、顔を洗いに行こう」

小五郎が言うと、みさえは不安のあまり顔を歪めて、泣きだした。

「わたしが」

およねが連れていこうとしたが、お琴がみさえの手を引いて家の裏庭にある井戸端に連れていき、桶《おけ》に水を入れた。

みさえは泣きながらも、小さな両手で水をすくい、顔を洗いはじめた。

およねが歩み寄った。

「それじゃだめよ」

桶に顔を近づけさせ、息を止めて、と言い、ざばざばと勢いよく水をかけた。

みさえは目をつむって耐えている。

お琴が新しい手拭いを持ってきて、みさえの顔の水を丁寧《ていねい》に拭き取った。

それを見届けた小五郎は表に戻り、気を失っている男の頰をたたいて声をかけた。

「おい、しっかりしろ」

男はゆっくり瞼《まぶた》を開けたが、意識が朦朧《もうろう》としているらしく、目が泳いでいる。

「おい」

また声をかけると、男は小五郎を見てきた。

「どこが苦しいのだ」

「背中が、痛い」

力のない声に応じて、小五郎は仰向けになっている男の肩をつかみ、横向きにさせた。すると、灰色の着物が裂け、血の染みが広がっている。

着物の裂け目を広げると、刀傷を負っていた。

傷は浅いと判断した小五郎は、あたりを見回した。

物見高《ものみだか》い連中が遠巻きに見ているが、その中に怪《あや》しげな影はない。

小五郎は男に問う。

「誰かに追われているのか」

すると男は唾《つば》を呑《の》み込んで、辛そうに口を開いた。

「疱瘡を、広めた奴がいます」

思わぬ言葉に息を呑んだ小五郎は、詳しく問おうとしたのだが、男はまた意識を失ってしまった。

額に手を当ててみると、熱は出ていないようだった。

安堵した小五郎は、そばに来たかえでに、みさえを安心させるよう告げ、男を担《かつ》いで店に戻り、二階の六畳間に下ろした。

泣きやまぬみさえを抱いてなだめていたお琴は、かえでから、男は熱がないと聞いて緊張が解け、身体から力が抜けた。

涙に濡れたみさえの頬を拭ってやり、

「よかったねぇ」

言った途端に、自分の目から安堵の涙がこぼれるのを慌てて拭い、笑みを浮かべてみせる。

井戸端に両手をついたおよねが、ああ、と声を吐き、

「人騒がせな人だよ、まったく」

倒れた男の文句を言い、みさえのそばに行くと、優しく抱きしめた。

「助けようとしたのよね。いい子だよう」

豊満な身体に埋もれたみさえは苦しそうにして、お琴と笑っている。

かえでは、念のためだと言って丸薬を差し出した。

「風邪《かぜ》も流行《はや》っていますから、これを飲んでください」

小五郎秘伝の、風邪をはねのける薬だと言われて、みさえは素直にその場で飲んだ。見知らぬ男が吐き出した水を顔に浴びて、気持ち悪いと思っているに違いなかった。

翌日に意識を取り戻した男は、起き上がろうとして咳き込んだ。

粥を持ってきたかえでが、苦しそうにしている男を見て折敷《おしき》を置き、額に手を当てた。

「熱があるわね」

「すみません、離れてください」

昨日男がしゃべった疱瘡のことを小五郎から聞いていたかえでは、男から離れて下に降りた。

小五郎が太田《おおた》宗庵を訪ねて事情を話したところ、

「診てみよう」

恐れることなく応じた宗庵は、道具箱を持って煮売り屋に来た。

布で鼻と口を隠し、一人で男の部屋に入った。

小五郎は段梯子《だんばしご》を見上げながら、かえでに言う。

「権八夫婦が長屋に戻っていてよかった」

坂手文左衛門の手で長屋の再建が終わったのは、つい十日前のことだ。

「まことに」

かえでが茶を淹《い》れると言った時、宗庵が下りてきた。

「どうですか」

問う小五郎に、宗庵は険しい顔で答える。

「まだ皮膚に発疹《ほっしん》は出ておりませぬが、熱が高いのが気になります」

「刀傷の熱ではないのですか」

かえでの問いに、宗庵はうなずく。

小五郎が宗庵に座るよう促し、長床几《ながしょうぎ》に腰を落ち着かせるのを待って口を開いた。

「あの者は昨日、疱瘡を広めた奴がいると言いました」

「なんと」

宗庵は驚き、不安そうな顔をした。

「いったい、なんのために」

「何も言うておりませんでしたか」

「自分は死ぬのかと、そればかり問うておりました。そういうことならば、疱瘡を疑ったほうがよいでしょう」

「話してもよろしいですか」

「これを着けて、廊下からならばよいでしょう」

渡された布で鼻と口を隠した小五郎は、二階に上がり、閉められている障子越しに声をかけた。

「よろしいですか」

「はい」

力のない声が返り、小五郎は障子を開けた。こちらを向いて横になっている男が、涙を拭って、辛そうな目を向けてきた。

「わたしは、死ぬのですか」

てください」

「まだそうと決まったわけではありませんから、気を落とさずに。ひとつ聞かせ
「なんでしょう」

「お前さんは昨日、疱瘡を広めた奴がいると言いましたが、あれはほんとうです
か」

「はい。この耳ではっきりと聞きました」

「どこで聞かれたのです」

「わたしは、何もしていないのに牢屋に入れられていました」

「牢屋とは、ご公儀の牢屋敷《ろうやしき》ですか」

「いいえ、人里から離れた場所で、村の名すらわかりません。その牢屋には、疱瘡にかかった者たちが何人かいて、そうでない者は、助けを求め続けていたのです」

「疱瘡にかかっていると、どうしてわかるのです」

「医者がそう言っているのを聞いたからです」

　男は、辛そうに目を閉じた。

「頭が痛いですか」

「大丈夫、その時のことを思い出しました」

「というと」

「わたしは疱瘡にかかった人を見たことはないのですが、顔にぶつぶつが出るのですか」

「人によりますが、ひどい人は顔と身体中に小豆《あずき》ほどの大きさの発疹が出ます」

うなずいた男は、小五郎の目を見て言う。

「間違いなく、そのような人が何人かいました。でも歩ける人は医者が連れ出して、二度と帰ってきませんでした。殺されたのかもしれないと言う者がいたので、わたしは怖くなって、番人が何を話しているのか、気にするようになりました」

「何か聞いたのですか」

「はい。疱瘡にかかった人を連れて出たあとで、番人たちが、薬で大儲《おおもう》けだと言っていたのを、はっきり聞きました。奴らは、疱瘡にかかっても歩ける者は町に戻して、他の人にうつるようにしているに違いないのです」

「それは、お前さんの想像にすぎぬのではないですか」

男は目を泳がせたが、それはほんの一瞬だ。

「信じてください。この耳で、薬で大儲けする話をしているのを聞いたのです」

必死に訴える男を落ち着かせるために、小五郎は訊《き》いた。

「お前さん、名はなんといいなさる」

「英介《えいすけ》です」

「これまで話を聞いて思ったことを言います。英介さん、ひょっとして、ご公儀が設けた疱瘡患者の養生所に入れられていたのではないですか」

英介は激しく首を横に振って否定した。

「あそこは養生所なんかじゃない」

「どうしてそう言い切れるのです」

「熱など、出ていなかったからです」

小五郎は、胸騒ぎがした。

「誰かに、無理やり入れられたのですか」

英介はうなずき、記憶を手繰《たぐ》り寄せているのか、遠くを見るような眼差しで答えた。

「わたしは元々、深川《ふかがわ》の蠟燭問屋《ろうそくどんや》に奉公していたのですが、地震のせいで旦那様が命を落としてしまい、店が潰れました。仕事も住む場所も失ったわたしは、分家されていた旦那様の弟さんを頼って、四谷の蠟燭問屋に奉公していたのです」

「そこで、何があったのです」

問う小五郎に答えようとして、英介は咳き込んだ。

刀傷がある背中をさすってやることもできず、小五郎は咳《せき》が治《おさ》まるのを待って、急須《きゅうす》の水を飲ませてやった。

「ありがとう。うつるといけませんから、離れてください」

応じて廊下に出た小五郎に、英介は重々しく語った。

「店の使いでお寺へ蠟燭を届けた帰りに、金をよこせと言って襲われました。でもあとから思ったのです。あれは物取りなんかじゃなくて、わたしを攫《さら》うために襲ったんだと」

殴られて気を失い、意識が戻った時には、牢屋に入れられていたと聞いた小五郎は、疱瘡をうつすために、何者かが人を集めているのだろうかと推測した。殿に報告する前に、確かめる必要がある。

そう思った小五郎はさらに問うた。

「牢屋から、どうやって逃げたのです」

「同じ牢に入れられていた人たちが、夜中に死にたくないと騒いで、止めに来た番人を捕まえて鍵を奪って牢屋から出ました。他の人たちは捕まってしまったようですが、わたしは運よく、逃げられたのです」

「背中の傷はその時に」

「斬られました。でも、他の人が番人に飛びかかってくれたおかげで、殺されずにすんだのです」

「牢屋はどこにあるのです」

英介は額に手を当てた。

「何しろ、深川と四谷以外の土地に疎《うと》いものですから、口では教えられません」

「思い出せませんか」

英介は手で額を打って思い出そうとしていたが、ため息をついた。

「ごめんなさい、やっぱり手前には難しいです。歩けるようになったら、覚えている道を案内します」

だが英介は、夕方になるとまた熱が高くなり、話もできなくなってしまった。

五

小五郎から報告を受けた左近は、耳を疑った。

民が滅《ほろ》びかねぬほど恐ろしい病を広めようとする者がいるとは、信じられなかったのだ。

だが疱瘡は確実に広まりつつあり、江戸市中は殺伐《さつばつ》としている。

英介を養生所に移すよう小五郎に命じようとした時、庭にかえでが現れた。

珍しく焦《あせ》った様子のかえでは、広縁《ひろえん》に出ていた左近の前で片膝をついた。

「みさえちゃんが、倒れました」

小五郎から、疱瘡の疑いがある英介が噴き出した水を顔に浴びたと聞いていた左近は、藤色の着物に着替え、安綱を手にお琴のもとへ走った。

三島屋の裏から入ると、すでに来ていた太田宗庵がみさえを診ているところだった。

そばにいるお琴は、鼻と口を布で隠しており、不安そうな目をして見守っている。

「どんな具合だ」

庭から問う左近の声に顔を向けたお琴が、廊下に出てきた。

宗庵が答える。

「まだ発疹《ほっしん》が見られぬので、なんとも言えませぬ」

左近はお琴に言う。

「はっきりするまで、みさえから離れたほうがよい」

うつるのを心配してかけた言葉だが、お琴は首を横に振った。

「母親ですから、そばにいます」

「気持ちはわかるが……」

「左近様こそ、うつると一大事ですから離れてください」

みさえが呟き込んだ。

お琴は左近に頭を下げてみさえのそばに行き、顔を赤らめて辛そうな息をする娘の額を手拭いで拭った。

「お琴さんが言うとおりですぞ。甲州様、離れてください」

宗庵に言われた左近は、自分がいつも使っている座敷に上がった。

小五郎が廊下に控え、みさえがいる部屋を心配そうに見ている。

四半刻《しはんとき》（約三十分）が過ぎた頃、宗庵が来た。

「半刻（約一時間）前に飲ませた熱冷ましがようやく効いて、少し楽になったようです」

眠ったと聞いても、左近の心配は尽きぬ。

「小五郎が助けた男は、疱瘡なのか」

「英介さんも、まだなんとも判断しかねますが、熱が下がらぬのがよろしくないのです」

今朝ほど柳沢から、鶴姫も高い熱が続いているという知らせを受けたばかりだけに、左近は胸騒ぎがしてならなかった。

そんな左近の顔色を見ていた宗庵が、口を開く。

「巷《ちまた》では、疱瘡にかからぬ薬だとうたって、荒稼ぎをする者がおります。昨日も見かけたのですが、町角に立った売り子が声をかけた途端に、我先にと人が集まり、用意していた薬が瞬時に売り切れました」

「まことに効き目があるのか」

宗庵は、長い息を吐いた。

「期待をして見ていたところ、銭を手に引きあげる売り子が、どうにも悪だくみに満ちた笑みを浮かべておりましたから、気になりましてな。今朝、同じ売り子からひとつ手に入れて調べましたところ、一袋五十文ほどの滋養物《じようぶつ》でした」

「滋養をつけて病をはねのける考えならば、悪い話ではなかろう」

「確かにおっしゃるとおりですが、本来は五十文の物を、疱瘡にかからぬ薬だと言うて一袋五百文で売りさばいているのがよろしくない」

「確かに、流行病《はやりやまい》を恐れる民を欺《あざむ》く悪徳を、許してはおけぬ」

宗庵から薬の袋を受け取った左近の脳裏《のうり》に、英介のことが浮かんだ。英介が小五郎に訴えたとおり、疱瘡を広めて薬で儲けようとしている輩《やから》がおるならば、この薬の出どころを調べてみる必要がある。

宗庵にみさえのことを頼んで下がらせた左近は、薬の売り子を捕らえて仕入れ先を突き止めるべく、町へ出ようとした。

およねが金切り声で叫んだのは、その時だ。

左近が店に行くと、

「およしってば！」

およねは、閉めていた店の戸を内側からたたいて訴えていた。

「何ごとだ」

「あっ、左近様」

来ていたのを今知った様子のおよねは、眉尻《まゆじり》を下げて訴えた。

「外から釘を打ちつける音がしたから来てみたら、誰か知りませんけど、男の人たちが、病人が出た家の者は外に出るなと言うんです」

「英介の騒ぎのあとだけに、宗庵がここに入るのを見ていた者が、不安のあまりしておるに違いない」

左近が戸を開けようとしたが、びくともしない。

台所から外に出て裏木戸を開けようとしたが、こちらも塞《ふさ》がれていた。

小五郎が軽々と板塀に上がって外を見ると、左近に真顔を向けた。

「見覚えのある町の男たちが逃げていきました。戸は木を打ちつけられておりますから、ただちにはずします」

「いや、今はよい。町の者たちの気持ちもわからぬでもない」

はずしてもまた塞がれると思った左近は、お琴たちの身の危険を案じて、小五郎に告げる。

「お琴とみさえを、浜屋敷《はまやしき》に移して養生させる。およねも来てくれ」

心配して見に来たおよねに告げると、快諾《かいだく》したものの、不機嫌に言う。

「町の連中も薄情ですよ。ちょっと熱を出しただけだというのに、疫病神《やくびょうがみ》のように言ってさ」

「疱瘡が広まっておるゆえ、不安に駆られておるのだ。浜屋敷ならば、安心して養生できる。小五郎、英介も連れてまいるぞ」

小五郎は応じて、手配に走った。

お琴はみさえのために左近の提案を受け入れ、小五郎が用意した駕籠《かご》にみさえを乗せ、そばに付き添って浜屋敷に入った。

左近は、念のために家来たちを接触させず、お琴とみさえに御殿の寝所を使わせた。

疱瘡の疑いが濃い英介は、御殿ではなく、森の中にある庵《いおり》を使わせ、宗庵の薬を投じて養生させた。

落ち着いたところで、左近は小五郎とかえでと共に、薬の売り子を捜しに出た。

三島町界隈《かいわい》で見つけることはできず、増上寺《ぞうじょうじ》の近くまで足を延ばした時、宗庵から受け取っていた薬と同じ物を持っている売り子を見つけた。青地の派手な色合いの着物を着た女だ。歳は二十代だろうか、日に焼けた顔に明るい笑みを浮かべて、客に薬を売っている。

「これを飲めば、いやな病にはかかりませんから」

声が聞こえてくると、小五郎が左近に言う。

「疱瘡だと言わないのは、訴えられた時の逃げ道でしょう」

「売り子によって違うのか、それともお上を恐れて変えたのか、いずれにしても、悪徳な商売に変わりはない」

「わたしが行きます」

申し出たかえでにうなずいた左近は、見守った。

小走りで近づいたかえでに気づいた売り子の女が、男の客から受け取った銭を袋に入れ、笑顔を向けた。

「お姐《ねえ》さん、薬ですか」

かえでは正面に立ち、箱の中に並べられた薬を見た。

「これを飲むと、疱瘡にかからないと聞いて来たのですが」

「この中には六袋入っていますから、朝と晩に続けて飲むだけで、悪い病にかかりません」

「疱瘡にもかからないのね」

女は微笑《ほほえ》むだけで、何も答えない。

「同じ薬を買った人が、疱瘡にかからないと言われたから買ったと言っていたのよ。どうなの」

集まってきた町の者たちが注目しているのに気づいた女は、しつこくするかえでに表情を一変させて睨《にら》み、舌打ちまでした。

何も言わず、逃げるようにその場を去る女は、人混みに紛《まぎ》れた。

かえでが何ごともなかったように立ち去ると、左近の横にいた小五郎が、女を追ってゆく。

警戒して何度も後ろを見た女は、増上寺の門前町を急ぎ、傘屋の先の四辻《よつじ》を右に曲がった。町の通りを歩き、路地の前で止まった女は、あたりを警戒して入ってゆく。その路地を通り抜けたところには、商家が並ぶ通りがある。

小走りで急いだ女は、店の看板もない商家の潜《くぐ》り戸《ど》を開けて、中に入った。

店の前を通り過ぎた小五郎は、少し進んだところにある団子屋の表に出してある長床几に腰かけた。

注文を取りに来た小女《こおんな》に茶と団子を頼み、店の様子を探っていると、中から男が出てきて、店の前で通りの様子を探りはじめた。

かえでを警戒した売り子が、怪しい者に声をかけられたと言ったのだろう。

三十代と思《おぼ》しき男は、通りを行《ゆ》き交《か》う者たちを不安そうな顔で見ている。

そこへ、売り子の一人と思われる男が戻ってきた。

男は笑みを浮かべて言葉を交わし、売り子は店に入った。同じく売り子らしき若い女が戻り、

「今日も大儲けしましたよ」

と、明るく報告するのに対し、男はご苦労さんと声をかけ、店に入る女を見ている。

男が、ふと団子屋に顔を向けた。

小五郎はその時には、代金を置いて立ち去っていた。

六

薬草の匂いが充満する大広間では、布で鼻と口を隠した十数人の薬師《くすし》が、真剣な目をして薬作りに励んでいる。

その者たちを見渡せる上座に陣取《じんど》り、終始難しい顔をして書物を読み漁《あさ》っているのは、増上寺門前の薬種問屋《やくしゅどんや》、長命堂《ちょうめいどう》のあるじ仙八郎《せんぱちろう》だ。

今年四十二になった仙八郎は、眉間を指でつまみ、辛そうな息を吐いた。

そこへ番頭が来て、耳打ちした。

険しい目を番頭に向けた仙八郎は、やおら立ち上がり、皆に声をかけた。

「手を止めて聞いてくれ」

応じた男たちが、居住まいを正して注目した。

仙八郎は言う。

「いよいよ危なくなってきた。急がねば、どのようなお咎《とが》めを受けるかわからぬぞ。みんな気合を入れて励んでくれ」

はい、と声を揃えた男たちは、自分の仕事に戻った。

皆に出かけると声をかけて大広間を出た仙八郎は、表で待っていた駕籠に乗った。

駕籠は道を急ぎ、東海道《とうかいどう》を日本橋のほうへ向かった。

「どけ！」

外でした怒鳴り声に、駕籠かきたちが左に寄って止まった。

何ごとかと思った仙八郎は、顔を出して前を見た。すると、陣笠《じんがさ》と羽織袴《はおりはかま》を着けた町方与力《まちかたよりき》を先頭に、同心たちと小者十数名が二列縦隊《じゅうたい》で続いている。

仙八郎は、横を走り去った役人の列を見送り、駕籠かきたちに先を急ぐよう命じた。

蠟燭を灯《とも》した大部屋では、三人の若い女が車座《くるまざ》になり、丼茶碗《どんぶりぢゃわん》ほどの大きさの器《うつわ》に入れられた練色《ねりいろ》の粉を小さじで取り、薬紙《くすりがみ》で三角に包んでいる。

小分けにした包みを大袋に入れていた女の背後に来た男が抱きすくめ、浅黒い首筋に唇《くちびる》を近づけてささやく。

「もうそのへんでいいから、来いよ」

耳たぶに吸いつかれた女は腰をくねらせ、くすぐったいと言って笑った。

それを見ていた他の女たちにもそれぞれ男が近づき、祝杯を上げようと誘った。

隣の板の間には、今まで男たちが飲み食いしていた酒肴《しゅこう》の器があり、真ん中に置かれた白木の箱には、小判や銭がたっぷりと入っている。

笑いながら誘いに乗った女たちは、それぞれの相手の膝の上に座り、身を預けた。

口移しで酒を飲む者、箱の中の銭を両手ですくい上げて喜ぶ者、人目を気にせず抱き合う者。

板の間は、荒稼ぎを終えた男女が騒ぐ声で満ちた。

そこに踏み込んだのは、小五郎から知らせを受けた北町奉行所吟味方筆頭与力《ぎんみかたひっとうよりき》の藤堂直正だ。

「北町奉行所である！　神妙にせい！」

突然のことに男たちが飛び上がり、女たちは乱れた着物を慌てて直し、家の奥へ逃げようとした。

だが、奥からも捕り方が現れ、女たちは悲鳴をあげてしゃがんだ。

男たちは食器を投げつけて抵抗したが、捕り方に六尺棒《ろくしゃくぼう》で打たれ、押さえ込まれた。

「放せ！」

叫ぶ男もいれば、開きなおって不服をぶつける者もいる。

「おれたちが何をしたと言うんですか！」

藤堂がその者に十手を向ける。

「ただの滋養薬を疱瘡に効くと申して、高値で売っておるのはそのほうらであろうが」

「ありました！」

同心が持ってきた薬の袋を見た若者たちは、花がしおれるように首《こうべ》を垂れた。

だが、不服をぶつけた男は違う。

「人気が出て手に入りづらい物の値が上がるのは、商《あきな》いの常識でしょう。それに、疱瘡に効くとは一言も言っておりません。あれは、町の人が勝手にそう思い込んで、買い求めただけです。お縄になるようなことは、何ひとつしておりませんがね」

「芝居じみた物言いをしおるが、お上が来たらそのように言えとでも教えられたか」

男は動揺の色を浮かべた。

見逃さぬ藤堂が続ける。

「どうした、その先の台詞《せりふ》はないのか」

「とにかく、悪いことはしておりません」

「この薬が手に入りにくいと言うなら、お前たちはどうやって仕入れた」

「そ、それは……」

「どこの誰から渡されたのか申せ」

「………」

黙り込んでしまった男に、藤堂が厳しく告げる。

「薬で儲けるために、疱瘡をわざと広めた者がおる疑いがある。これが真実ならば、獄門《ごくもん》は間違いない。お前たちは、その一味であろう」

男は顔面を蒼白《そうはく》にした。

「ち、違います!」

「ならば、この薬を誰から手に入れた。正直に言わねば、大番屋《おおばんや》でじっくり訊くことになるぞ」

拷問《ごうもん》を匂わせる物言いに怯《おび》えた男は、三人身を寄せ合っている女たちのほうを見た。

二人の女が、一人から離れた。

青地に白の百合《ゆり》の花が染められた着物を着た女が、気の強そうな顔を二人の女に向けたが、藤堂と目が合うのをいやがり、背中を向けた。

七

浜屋敷にいた左近は、戻った小五郎を座敷に上げ、障子を閉めさせた。

向き合って正座した小五郎が、真顔で報告する。

「藤堂与力と会《お》うてまいりました」

「薬の売り子から、疱瘡を広めた者に行き着いたか」

急《せ》いて問う左近に、小五郎は首を横に振る。

「捕らえた売り子の中に、上野《うえの》の薬種問屋の娘がおりました。十七歳の娘は地震で両親を喪《うしな》い、店は叔父《おじ》夫婦が受け継いだそうなのですが、その家族と折り合いが悪くなり、家出をしておりました」

「気の毒な娘だ」

胸を痛めた左近は、話の先を促した。

小五郎も同情しているのか、重々しく告げる。

「行き場がない娘は、楽しそうに集まっている若者たちのところでなんとなく過ごしているうちに、同じように親を亡くした者たちと仲よくなり、食うために、滋養の薬を売ることを思いついたようです」

「薬種問屋の娘だけに、薬の知識があったか」

「元となる薬は、一旦実家に戻り、盗み出したそうです。相場の値で売っておれば問題はなかったのですが、家を失った大勢の仲間を救うために、数十名が売り子として江戸中に散り、荒稼ぎをしておりました」

「疱瘡にかからぬ薬とうたわせたのも、その娘の指示《ひ》か」

「いえ、早く売り尽くそうとした何人かが、人心を惹きつけるために言ったもので、その若者たちもすべて、藤堂与力が捕らえてございます」

左近は、地震と疫病《えきびよう》が生み出した罪だと思い、若者たちを責める気にはなれなかった。

「奉行の慈悲《じひ》があればよいが」

ため息まじりに言う左近に、小五郎がうなずく。

「藤堂与力が申しますには、薬を買った客の中には、元は安い物だと知っていて、銭を出した者がいたそうです」

「若者の境遇に同情してか」

「そう申しておりました。当人たちも深く悔《く》いており、今回に限り、男は百たたき、女は過怠牢《かたいろう》の刑を科せるそうです」

「娘には辛い罰であろうが、これに懲《こ》りて、まっとうに生きてほしいものだ」

とはいうものの、叔父の家族と折り合いが悪いなら、家に戻されても辛かろうと、娘の行く末を案じた。

そのいっぽうで、英介が言う疱瘡を広めている連中に繋《つな》がるであろうと期待していた糸が切れたことに、左近は考えをめぐらせた。

「他にも、薬で儲けている者がおらぬか調べる必要があるな」

「ただちに手の者を走らせます」

小五郎が立とうとしたところへ、かえでが来て声をかけた。

小五郎が障子を開けると、かえでは表情明るく告げる。

「英介が目をさましました。熱も下がり、もう大丈夫かと思われます」

「よかった」

安堵した左近は、みさえも助かるはずだと希望を持ち、お琴に知らせてくれと言ってかえでを下がらせた。

小五郎が左近に言う。

「熱が下がったのならば、英介を駕籠に乗せ、逃げてきた道を案内させてはいかがでしょうか」

英介が快復した以上、疱瘡を広めようとする輩《やから》をすぐに止めねばならぬ。

左近は支度を命じ、自身も藤色の着物に着替えた。

庵から出た英介は、森の中にある池を見て、小五郎に訊く。

「入った時は熱で呆然としていてわからなかったのですが、ここはどこですか」

「やんごとなきお方のお屋敷です」

「えっ、どうしてわたしが、そのようなところに」

「疱瘡を広める悪人を捕らえる鍵をにぎる英介さんに、死なれては困るからですよ」

英介はうなずいた。

「どなたのお屋敷ですか」

「まあ、それはいいじゃないですか。共に、悪人の正体を暴《あば》きましょう。さあ乗ってください」

意を決した面持ちでうなずいた英介は、駕籠に乗った。

浜屋敷を出たのは、昼過ぎだ。

雲ひとつない空の下を進む駕籠が三島屋の前に戻ったところで、小五郎が簾《すだれ》を上げた。

背当てに身を預けて座っている英介は、気《け》だるそうな顔だ。

「辛いなら戻るぞ」

左近が気を使うと、英介は不安そうな目を向けてきた。

「お侍様が、やんごとなきお方なのですか」

左近が何も答えずに微笑むと、英介は首を横に振った。

「大丈夫です。江戸を悪人から守るために思い出しますから、行きましょう」

「あいわかった」

左近が応じると、気負ったように前のめりになった英介は駕籠から顔を出して、通りを増上寺の大門《だいもん》前へ行くよう指示した。

揺れる駕籠から落ちぬよう紐《ひも》にしがみついた英介は、増上寺の大門前に近づくと左に曲がるよう告げ、顔を出してあたりの建物を見回し、必死に記憶を呼び戻そうとしている。

駕籠が川に架かった橋を渡ると、川沿いの道を川上に行くよう指示した。

ここまでは順調だったが、麻布《あざぶ》を過ぎて、景色が町から田畑に変わってゆくと、英介の指示が鈍《にぶ》ってきた。

「そこを左、いや、やっぱり違う」

川沿いから田畑のほうへ行く道があるたびに、英介は判断に迷った。

「このあたりに違いないのですが、何せ暗かったもので」

田畑しかないだけに、夜は真っ暗だったはず。

左近は、渋谷《しぶや》の方角を示した。

「川沿いをもう少し行ってみよう。この道に出る前に、何か目印になるようなものを覚えてはおらぬか」

駕籠に揺られながら、英介は額に手を当てて考える顔をした。そして、思い出したと言って左近を見た。

「牛の鳴き声が聞こえました」

「牛……」

左近は、牛がいそうな建物を探してあたりを見回した。

小五郎が指差す。

「畑で働いている二人の先に、農家があります」

調べると告げて走った小五郎は、畑を耕《たがや》していた百姓と何かを話し、川沿いの道を進んでいた左近のもとへ戻ってきた。

あてがはずれて、農家に牛はいないと言う。

「もっと川上へまいろう」

左近が言い、駕籠を進めた。

広尾《ひろお》に差しかかると、左近は岩倉具家の家が近いと気づき、妻の光代《みつよ》と共に息災《そくさい》だろうかと思った。友とはずいぶん会っていない。

「この商家を覚えています」

不意に、英介が告げた。

指差しているのは、酒の一文字を表の障子に書いた、古びた店だ。昼間は商売をしておらず、人がいる気配がない。

左近が問う。

「このあたりの者に助けを求めなかったのか」

「逃げたところから、近かったからです。そのことを、今思い出しました」

「なぜだ」

「はい」

「あとは、牛だな」

そう告げた左近は、英介の追っ手を警戒して簾を下げて広尾から去り、川沿いを進んだ。

駕籠の中から英介が言う。

「牛が近くにいましたら、その道へ曲がってください」

「承知した」

小五郎が答えて、探しに走った。

左近と小五郎の配下たちがあとから続く。広尾を抜け、田畑が広がる渋谷村《しぶやむら》の景色を見ながら急いでいると、小五郎が走って戻ってきた。

少し先に、牛を飼っている農家があると言うので、案内させた。

外を見ていた英介が、川沿いの道からくだる坂道を見て、ここかもしれないと、自信なさそうにつぶやいた。牛が鳴いたのを聞いてはっとし、間違いないと言うものの、追われた時のことを思い出したのか、不安げな表情になる。

「この近くに、高い板塀で囲われた屋敷があれば、その中に牢屋があるはずです。あと、急な坂を転がるようにくだったのを覚えています」

「それらしき坂が、小川の向こうにあります」

小五郎が示す先には、田圃《たんぼ》のあいだを流れる小川と、急な坂が見える。

「行こう」

左近たちは坂をくだり、小川に架かる橋を渡って急な坂をのぼった。英介ははっきりと思い出したらしく、森の中に続く細い道を指差す。

「あの森の向こうです」

小五郎が先に立って進み、生《お》い茂る枝葉で薄暗い道を抜けると、また田畑が開けた。農家もない土地に、外から隔離する高い板塀で囲った屋敷があった。

英介が言う。

「あそこに間違いありません」

左近は小五郎の配下に英介を守らせ、もっと近いところで様子を探ることにした。

茅葺《かやぶ》き屋根の表門前には、武家の番人らしき人影が二つある。

鍬《くわ》を担ぎ、道を歩いている百姓を見つけた小五郎が呼び止め、屋敷のことを問う。

高い塀の屋敷と聞いてそちらに振り向いた三十代の男は、ああ、あれですか、と、なんでもなさそうに答える。

「ずっと空き家だったのですが、大地震のあと商家の人が来て、とんからとんとんと手なおしをしていたと思ったら、高い板塀で囲ったんです。悪い奴らが何かするために来たんじゃないかと心配していたんですがね、そうじゃないんで」

「なんなのです」

訊く小五郎に、百姓の男はいやそうな顔をした。

「もっと悪いものですよ。疱瘡にかかった人を入れる、ご公儀の養生所です」

「それは確かですか」

「ええ、目の前にある田圃に行くのも恐ろしくて、あのとおりです」

作付《さくづ》けをせず、草が伸びた田圃がある。固く閉ざされた門の前に立つ二人の番人は、周囲に目を光らせる様子もなく、道を歩いている犬に気を取られているようだった。

呼び止めてすまなかったと言って行かせた左近は、英介に百姓の話を聞かせた。

すると英介は、激しくかぶりを振って否定した。

「百姓は騙《だま》されているんです。ご公儀の役人なんて一人もいないし、人相の悪い用心棒しか見たことがありません」

英介の切迫した態度を見る限り、百姓のほうが騙されているとしか思えない。

そこで左近は、英介に問う。

「気分はどうだ。まだ辛いか」

「いえ、熱はすっかり下がりましたから、歩けます」

「まだ無理はせぬほうがよい」

左近は小五郎の配下に無言でうなずいた。

心得ている小五郎の配下は、英介を乗せた駕籠と共に浜屋敷に引きあげた。

八

忍び込んで中を探ると言った小五郎を、左近は止めた。

「英介が申すことがまことならば、あの屋敷の中は危ない。まずは、出入りしている者の跡をつけ、持ち主の正体を確かめるといたそう」

疱瘡を心配する左近に、小五郎は従った。

動きがあったのは、一刻（約二時間）後だ。

表門の潜り戸から出てきた男が、左近たちが潜《ひそ》んでいる森のほうへ歩いてきた。

大木に身を隠す左近たちに気づかぬ二十代の男は、月代《さかやき》をきちんと整え、少し身をかがめながらせかせかと足早に歩いている。その姿はどう見ても、どこその大店《おおだな》に奉公する手代だ。

「やはり、ご公儀の養生所ではないようですね」

小五郎の声を聞きつつ、左近は怪しい屋敷を見ている。中から、人の叫び声がしたような気がしたからだ。それを裏付けるように、門を守っていた二人が、中の様子を探るような行動に出た。

一人が潜り戸を開けて中に入り、外に残った者に何ごとか告げている。

程なく大扉が開けられ、棺桶《かんおけ》を二つ載せた荷車が出てきた。

門番の二人が遠く離れ、棺桶に手を合わせて見送っている。

運び出した五人はいずれも鼻と口を布で隠し、身なりは武家ではない。

それを見た左近が、小五郎に言う。

「そなたが申すとおりのようだ」

「先ほどの若い男を追い、行き先を突き止めます」

「余《よ》もまいろう」

時を惜しんだ左近は、小五郎と手代風の若者を追った。

森を出た先に後ろ姿を認めた左近と小五郎は、付かず離れず、あとに続く。

まったく警戒する様子がない男は赤坂の方角へ進み、途中寄り道もせず向かったのは四谷だ。

「ただいま戻りました」

戸口でそう声をかけて入ったのは、薬種問屋だ。

大通りに立ち店の看板を見上げた小五郎が、左近に真顔で告げる。

「長命堂は、増上寺門前と京橋に出店を持っている大店です」

「その名は聞いたことがある」

「将軍家奥医師との繋がりも深いはずです」

小五郎の言葉で、左近は思い出した。

「あるじの仙八郎は、ひとかどの人物と聞くが……」

「店に来る客の中には、金の亡者と悪く言う者もおります」

「どちらがまことの顔であろうな」

左近は、はっきりさせようと言い、店に入った。

薬草の匂いが充満する店は広く、大勢の奉公人が忙しそうに働いている。

薬箪笥《くすりだんす》から取り出した薬を小分けにする者、袋詰めする者、用意された袋を受け取った薬の行商《ぎょうしょう》たちが、今日は飛ぶように売れたと言って嬉しそうに笑い、もうひと稼ぎすると張り切って、次々と出ていく。

先ほど渋谷から戻った若い手代の姿はない。

左近に気づいた手代の一人が、愛想《あいそ》よく対応する。

「どういった物をお求めでしょうか」

「あるじに用がありまいった」

途端にいぶかしそうな顔をした手代は、無紋《むもん》の着流し姿を浪人と思い込んだらしく、人を見くだした笑みを浮かべた。

「失礼ですが、お約束はございますか」

「しておらぬ」

「用心棒の口をお探しでしたら、あいにく手前どもは求めておりませぬ」

「あるじに訊かねばならぬことがあるゆえ、上がるぞ」

慌てた手代は、大声を出した。

「お武家様、困ります。誰か！」

呼ばれて来た店の者たちは、堂々とした態度の左近に気圧《けお》されながらも、両手を広げて止めようとする。

左近の前に出た小五郎が、店の者に告げる。

「控えよ、甲府藩主であるぞ」

店の者たちが冗談はよせと笑う中、奥から出てきた年嵩《としかさ》の男が、手代に何ごとかと訊いた。

手代が耳打ちすると、男は悲鳴をあげて三和土《たたき》に下り、左近の前で平伏した。

「甲州様、店の者がご無礼をいたしました。このとおりでございます」

深々と詫《わ》びるのを見た店の者たちは仰天《ぎようてん》し、裸足《はだし》で三和土に下りて男に倣《なら》った。

左近は、年嵩の男に問う。

「そのほうが仙八郎か」

「はい！」

「余と、どこかで会《お》うたか」

「いえ、手代から甲府藩主様と聞き、藤色のお着物とくれば間違いないと思いまして」

「なるほど、町に出る余を、警戒しておったか」

「滅相《めっそう》もございませぬ。警戒など、しておりませぬ」

「ならば問うが、渋谷にある怪しげな屋敷は、何をするための場所だ」

平伏したままの仙八郎が息を呑むのが伝わってきた。

店の者たちは、平伏したまま身じろぎもしない。

小五郎が声を張る。

「右の後ろにおる者、顔を見せよ」

手代が恐れた顔を上げた。左近が見ると、渋谷の屋敷から出てきた若者だった。

小五郎が指差す。

「その者を追ってここへ来たのだ。殿に正直に申せ」

仙八郎は顔を上げ、小五郎に目を向ける。

「手前の、何をお疑いでしょうか」

「英介という若者を覚えておるか」

仙八郎は目を見張った。

「捜しておりました。生きているのですか」

「生きておる」

「病は……、あの、疱瘡にかかってはおりませぬか」

「疱瘡の疑いがあったが、今は熱も下がり、快復に向かっている」

目を伏せる仙八郎に、小五郎が言う。

「その英介から、疱瘡を世に広めて大儲けをするたくらみがあると聞いて、探っていたのだ」

店の者たちが騒然となり、仙八郎が充血した目を左近に向けて訴えた。

「甲州様、とんでもない誤解でございます！」

「しかし、英介は聞いておるのだぞ」

仙八郎は困り顔をして訴える。

「病人の世話をする者たちの中に、手前が疱瘡のおかげで大儲けしていると陰口をたたく者がいるのです。おそらく英介さんは、その陰口に惑わされたのでしょう」

この場を逃れようと嘘《うそ》をついているようには見えなかった左近だが、小五郎が厳しく問う。

「ならば、背中の刀傷をどう説明する」

仙八郎は神妙な面持ちで答えた。

「疱瘡の疑いがあるというのに、逃げようとしたからです。手の者が戻れと説得しても聞かず、疱瘡が広まるのを恐れるあまり、斬ってしまったと申しておりました」

これには小五郎が反論した。

「それは妙だ。英介はそもそも、蠟燭の配達をしに出ていたところを物取りに襲われ、殴られて気を失い、気がついたら牢屋に入れられていたと申しておる。疱瘡をうつして江戸市中に解き放つために、物取りに見せかけて襲い、攫ったのではないのか」

仙八郎は泣きそうな顔を激しく横に振った。

「違います。手前の目の前で襲われて、気を失ってしまいましたから、手代が助けようとしたのです。その時に熱があるのに気づきましたので、疱瘡を疑い、念のために渋谷の屋敷へ連れていきました」

左近が問う。

「では何ゆえ、英介が奉公している店に知らせなかった」

「手前どもに攫われたと思い込んでいる英介さんは、お店やお身内に害が及ぶのを恐れたらしく、何を訊いても答えてくれなかったのです」

「虚言《きよげん》ではあるまいな」

表情を見て確かめる左近に、仙八郎は曇りのないまっすぐな目を向けた。

「こうなっては是非もございません。甲州様に、すべてお話しいたします。どうぞ、奥へお上がりください」

怪しいところがないと見た左近は、応じて草履《ぞうり》を脱いだ。

案内されたのは、広い客間だ。派手な調度品《ちようどひん》などはいっさいなく、襖《ふすま》も白無地で、仙八郎の実直さがうかがえる。

小五郎が廊下に控える中、左近は、畳に両手をつく仙八郎と向き合った。

「聞こう」

声に応じて、仙八郎は顔を上げた。

「手前は以前から、疱瘡の特効薬を作るために、疑いのある病人を屋敷に集めて薬を試しておりました。これは決して、手前が金儲けのためにしているのではございません。南条建臣《なんじようたておみ》様のお指図にございます」

「将軍家奥医師の南条殿か」

「はい」

南条建臣は、奥医師の中でも特に疫病に精通《せいつう》している人物。その背後には間違いなく、柳沢がいるはず。

思わぬ告白に、左近は眉根《まゆね》を寄せた。

「以前からと申したが、地震の前からか」

「はい」

「では、江戸市中に疱瘡が広まったのは、地震の影響か」

すると仙八郎は、辛そうな顔をしてうなずいた。

「渋谷に屋敷を得る前は、ご城下から離れた深川の先に、秘密の屋敷がございました。当時は十七人ほど疱瘡にかかった者がおり、命を助けるために次々と新しい薬を試していたのですが、地震で建物が潰れてしまいました。病人たちを火事から守るために出してしまったのが、いけなかったのです」

「その者たちから、疱瘡が広まったと申すか」

「そうとしか、思えませぬ」

民を恐ろしい疫病から守る薬を作るため、公儀の命で密《ひそ》かに試されていたのが裏目に出たのだ。

地震が原因とはいえ、今まさに、疱瘡で苦しんでいる鶴姫のことを思うとところがざわつく左近は、仙八郎に問う。

「英介にも、薬を試していたのか」

「はい」

「その薬のおかげで、快復に向かっているのかもしれぬな」

仙八郎は、安堵の息を吐いた。

「まだ効能がはっきりわかってはおりませぬが、疱瘡にはある程度効いているらしく、死人が減ってございます」

左近は、鶴姫に飲ませたのか問おうとして、口を噤《つぐ》んだ。仙八郎が知っているのかわからないからだ。

「柳沢殿には、薬の効き目を報告しておるのか」

「英介さんに投じたのと同じ薬を、お渡ししてございましたが……」

表情を曇らせる仙八郎の物言いに、何か知っていると思った左近が問おうとした時、廊下の先から声がかかった。

「ご無礼いたします。甲州様に、南条様がお目通りを願われてございます」

小五郎が左近を見てきた。

「通せ」

応じた小五郎が、廊下で控えている店の者にうなずく。

程なく現れたのは、禿頭《とくとう》が似合う、凜々《りり》しい面立《おもだ》ちをした三十代の男だ。

左近も知る名医は、浪人姿の左近を見て廊下で正座し、両手をついた。

「このようなところで甲州様にお目にかかれるとは思わず……」

声を詰まらせた南条は、辛そうにうつむいた。

あいさつの言葉が途切れ、廊下についている手に涙が落ちたのを見た左近は、胸騒ぎがした。

「新しい薬が、間に合わなかったのか」

仙八郎が愕然とした。

「南条様、まさか！」

南条は、深々と頭を下げた。

「わたしの力及ばず、まことに、残念でなりませぬ」

誰も名を口に出さぬが、鶴姫の死を悟《さと》った左近は、立ち上がって小五郎に言う。

「急ぎ城にまいる」

「はは」

一旦藩邸に戻り、身なりを整えて登城した左近は、茶坊主に繋ぎを取らせた。

程なく目通りが許され、中奥御殿の御座の間に行くと、待っていた綱吉が薄い笑みを浮かべた。何も言わぬが、そのあまりに悲しげな表情に、左近はかける言葉が見つからなかった。

共にいた柳沢が黙って出ていき、二人きりになると、綱吉が左近にこぼす。

「余は、何を間違《まちご》うたゆえ、命よりも大事な宝を奪われてしまったのだろうか。娘が、哀《あわ》れでならぬ」

声を上ずらせ、耐えかねたように泣き崩れる綱吉のそばに寄った左近は、背中をさすりながら言う。

「天が定めた寿命には、誰も逆らえませぬ」

しばらく嗚咽《おえつ》した綱吉は、長い息を吐き、涙を拭って顔を上げた。

「そなたが申すとおりじゃ。天寿《てんじゅ》ならば、いたしかたない」

そう言った綱吉は立ち上がり、ふらふらとした足取りで、座敷から出てゆく。

「上様、どうか、気を落とされませぬように」

「うむ」

前を向いたまま、力ない声で答えた綱吉を、左近は平伏して見送った。

藩邸に戻ると、東洋が待っていた。

左近が上座に落ち着くのを待った東洋は、険しい面持ちで問う。

「上様に、お目にかかられましたか」

「うむ」

「さぞ、悲しまれておられましょう」

左近は、ちょうどよい折だと述べて問う。

「あることをきっかけに、南条建臣殿と長命堂の薬作りを知ったのだが、鶴姫様は、何ゆえ身罷《みまか》られた」

東洋は無念そうに目を伏せながら答える。

「新薬をいくつか投じましたが、数日命が長らえたのみかと。疱瘡に対してはまだまだ効き目が薄く、ほんの、気休め程度でございましょう」

「それは、残念でならぬ」

英介にまつわる一件を左近が東洋に話すと、おそらくはそもそも疱瘡ではなかったのであろうとの見立てであった。

疫病に勝つ薬作りが悪いとは思わぬが、結果的に、疱瘡が広まるきっかけになった疑いが拭えぬだけに、左近はどうにも、切ない気持ちになった。

庭に気配を察した左近が顔を向けると、かえでが現れ、広縁の前で片膝をついた。

左近はすぐさま廊下に出た。

「何があった」

顔を上げたかえでは、目を細めた。

「みさえちゃんの熱が下がりました。もう心配ないとのことです」

「何よりの吉報だ」

安堵して微笑んだ左近だったが、綱吉の深い悲しみを想い、先のことを憂えずにはいられなかった。

第三話　逆恨《さかうら》み

一

宝永元年の秋が深まると、恐れていた疱瘡《ほうそう》の流行《はや》りも収まり、江戸市中はようやく落ち着きを取り戻した。

みさえは疱瘡ではなく、同時期に流行っていた風邪《かぜ》だったのだろう。快復してからは、よく笑い、よくしゃべり、お琴の手伝いを楽しんでいる。

ほんとうの親子のように、お琴とみさえと三人で過ごしていた左近は、二人が息災《そくさい》で、落ち着いた暮らしが続くよう願った。

目が合ったみさえは、左近が微笑《ほほえ》むと笑みを浮かべ、お琴との会話に戻った。

十一歳のみさえが興味を持っているのは、細工職人が売り込んでくる簪《かんざし》だ。

お琴はみさえに、三島屋が繁盛《はんじよう》するのは、素晴らしい品を届けてくる職人たちのおかげだと教えており、みさえは、簪の美しさに魅了《みりよう》され、自分でも作ってみたいと言っているらしい。

お琴は、そんなみさえを否定せず、簪を作らせてみようと思っているのだと、昨夜左近に話していた。

人が興味を持つのは、その道で生きてゆく才覚があるからだと信じて疑わぬお琴だけに、みさえを受け入れてくれる職人を探すつもりでいるのだ。

お琴との会話の中で、将来、自分で作った簪を店で売りたいと言ったみさえに、左近は目を細めた。何よりも、お琴が幸せそうな顔をしているのが、嬉しかったのだ。

「みさえが作った簪を見るのが、今から楽しみだ」

左近が言うと、みさえは、手に持っていた銀細工の簪を見せてきた。

お気に入りの簪は、薄い円の中に、兎《うさぎ》が透《す》かし彫《ぼ》りされており、棒の先端から細くて薄い銀の板が五枚ほど垂れ下がり、髪に挿《さ》して動くと、板が揺れてきらきらと輝き、心地よい音がする。

「こんなのを作りたいのです」

「見事な品だな」

これは左近が、藩邸に出入りする商人に頼んで、みさえのために作らせた特別な一品なのだが、気を使わせたくないため、お琴から、ということになっている。

隠さず渡すべきだと言っていたお琴が、簪を見せられている左近に微笑んだ。

だから言ったのに、と言いたそうなお琴の眼差しを受け流した左近は、みさえに告げる。

「手先が器用なそなたなら、きっとよい簪が作れる」

「はい」

元気に返事をするみさえに微笑んでうなずいた左近は、出かけるべく立ち上がった。

二人に見送られて裏の木戸から出た左近は、路地を表に向かう。

すでに待っていた小五郎は、籠《かご》を背負っている。

岩倉具家と会う約束をしていた左近は、朝の忙しさでにぎわう町中を歩いて広尾に向かった。

小五郎が背負っている籠の中身は、手土産《てみやげ》に選んだ甲斐《かい》の名産であるほうとうと、上方《かみがた》の酒だ。

肩を並べて、みさえの夢について語る左近と小五郎は、まるで友人同士のようで、主従とは誰も思わないだろう。

道ですれ違う者たちは、そんな二人を気にする様子はない。

広尾に入り、普段人がいない別宅が並ぶ道を岩倉の家に向かっていると、先の四辻《よつじ》から男の怒号《どごう》が聞こえてきた。

「おのれ！」

叫び声は尋常ではない。

左近と小五郎は、どちらからともなく走っていた。

別宅の生垣《いけがき》で形成された四辻を右に曲がると、一人の侍に対し、覆面を着けた三人の曲者《くせもの》が刀を向けている。

三人のうち一人が、ふらふらとよろけて下がった。

二人が同時に斬りかかり、一刀を受けそこねた侍は、右腕に傷を負った。

「覚悟！」

背が高いほうの曲者が叫び、刀を振り上げたところへ、小五郎が手裏剣を投げ打った。

気づいた背が低いほうの曲者が刀で打ち払い、下がって警戒の姿勢を取る。

左近は、侍を斬ろうとしていた曲者に迫った。

背が高いほうの曲者も応じて、左近に刃《やいば》を向けて前に出る。

安綱を抜きざまに、曲者が打ち下ろした刀を弾《はじ》き上げた左近は、返す刀を振った。

正確無比な太刀《たち》さばきで、相手の覆面がはらりと割れた。

顔が露《あら》わになったのは、若い男だ。

恨《うら》みに満ちていた目つきとは打って変わって、まだ幼《おさな》さが残る若者の不安げな顔を見た左近は、安綱を下げた。

口笛《くちぶえ》を合図に若者は下がり、二人は仲間の一人を支えて逃げてゆく。

地面に血が落ちたのを見逃さぬ左近は、小五郎に顔を向ける。

無言で応じた小五郎が曲者を追おうとしたが、その前に侍が立ちはだかり、神妙な面持《おもも》ちで頭を下げた。

「危ないところをお助けいただき、かたじけない」

侍は、重そうな財布から取り出した数枚の小判を懐紙《かいし》に包み、差し出した。

「これは、ほんのお礼の気持ちです」

金を渡そうとする侍を左近が見ると、相手は目を伏せた。気が弱そうな男だ。

「礼には及ばぬ。それよりも、逃げたのは何者だ。誰に命を狙われている」

侍は、困ったような顔をして小判を持つ手を引いて懐《ふところ》に入れた。

「命を狙われるようなことはしておりませぬ。おそらく、このあたりに別宅を構える者を狙《ねろ》うた物取りでしょう。そこものおかげで、金と命を取られずにすみました」

ふたたび頭を下げて礼を述べた侍は、曲者たちが逃げた道とは別の方角に、足早に去ってゆく。

辻を曲がるまで後ろ姿を見ていた左近は、気になりはしたものの、小五郎と岩倉の家に向かった。

笑顔で迎えてくれた妻の光代に、左近は変わりないかと尋ねた。

「おかげさまで」

綱豊としてではなく、主人の友人に接する態度は、左近が望んだことだ。

小五郎が籠を下ろして、ほうとうを作ると言って中を見せると、材料が揃《そろ》っているのに光代は驚き、素直に喜んだ。

「外で何をにぎやかにしているのだ」

戸口に出てきた岩倉に小五郎が頭を下げると、岩倉は真顔でうなずく。

光代がほうとうのことを教えると、岩倉は相好《そうごう》を崩した。

「それは楽しみだ。さ、上がってくれ」

左近は応じて、草履《ぞうり》を脱いだ。

表の客間に行くと、岩倉は将棋盤《しょうぎばん》の前に正座した。

「久しぶりにどうだ」

「うむ、いいだろう」

左近は安綱を鞘《さや》ごと抜いて、将棋盤を挟んで正座した。

小五郎が支度を調《ととの》えるのを待ちながら、勝負を楽しんだ。

駒《こま》を進めつつ、岩倉が左近に問う。

「地震以来すっかり足が遠のいているが、江戸市中の様子はどうだ」

「いろいろあったが、民の表情がようやく明るくなった」

飛車で角を取ると、岩倉は驚いた顔を将棋盤に近づけた。

何か言いたそうな目を向けてきたが、勝負は勝負、左近は応じぬ。

小五郎が支度を終えた頃には、左近が王手をかけていた。

岩倉は負けといてやる、と捨て台詞《ぜりふ》を吐き、囲炉裏《いろり》がある部屋に誘った。

小五郎が作るほうとうは、甲州忍者に代々伝わる味。

具は里芋《さといも》と大根、しめじや木耳《きくらげ》などを入れ、甲州味噌《こうしゅうみそ》で味を調えただけだと言うが、お気に入りなのだ。

岩倉は、時々小五郎の店で食すこの味が、お気に入りなのだ。

「旨《うま》い」

「近頃はお顔を見ないもので、殿が土産にしようとおっしゃいました」

煮売り屋の大将の顔で接する小五郎に、岩倉はありがたいと言い、光代に訊《き》く。

「どうだ、旨いだろう」

「はい、とっても」

喜んで食べる光代に満足そうな顔をした岩倉は、左近に酒をすすめた。

「この上方の酒もよい味だ。気を使わせてすまぬ」

酌《しゃく》を受けた左近は返杯《へんぱい》し、他愛のない話をしながら食事を楽しんだ。

食事を終えると、岩倉が、色づきはじめた紅葉《もみじ》を肴《さかな》に飲みなおそうと言うので、表の部屋に移動した。

久しく来ていなかったが、庭の紅葉は立派に成長し、いい枝ぶりだ。

左近は岩倉に酌をすると、朝助けた侍の話をした。

すると岩倉は、呆《あき》れたような顔を左近に向けた。

「たまに来ればこれだ。災《わざわ》いが向こうからやってくるようだな」

笑った岩倉は杯《さかずき》を置き、腕組みをして問う。

「いつものごとく、その侍が気になっておるのか」

「うむ。身なりは無紋《むもん》の着流しだが、おそらく旗本か、大名家に仕《つか》える重臣と見た」

左近がそう言うと、岩倉はうなずいた。

「このあたりに来る武家は、ほぼ妾《めかけ》を囲っている内証《ないしょう》が豊かな者だ。大金を持っていたのなら、その者が言うとおり、物取りに狙われたのかもしれぬぞ」

「襲われた男は、右の目元にほくろがあるのだが、見たことがあるか」

左近が問うと、岩倉は表情を厳しくして答える。

「その男なら知っておる」

「名は」

「聞いたことはないが、女と歩いているのを一度目にした。このあたりに妾がいるのだろう」

放っておけとつぶやいた岩倉は、話題を変えた。

「そんなことより、気になるのはおぬしだ。鶴姫が亡くなり、将軍家を継ぐのはいよいよおぬししかおらぬようになったが、覚悟は決めておるのだろうな」

左近は苦笑いをした。

「決めてかかるのはよせ」

「他に誰がおると言うのだ」

「上様は口には出されぬが、綱教殿に継がせる腹だろう」

「あってはならぬ」

即座にそう言った岩倉は、不機嫌そうな顔をした。

「おぬしはそれでよいのか。徳川宗家直系であるおぬしを差し置いて、綱教殿が江戸城に入るのを納得できるのか」

耳が痛い左近は、酌をしてごまかそうとしたが、岩倉は杯を取らず身を乗り出す。

「将軍になれば、おぬしの思うようにできるのだぞ。綱吉の悪政を正したくはないのか」

「何度も言うが、おれは将軍になるつもりはない。綱教殿が跡を継ぐならば、安心だ」

岩倉は横を向いて息を吐き捨て、杯を取って差し出した。

黙って注ぐ左近を見て、岩倉は言う。

「おぬしという奴は、思うまま市中へ出られなくなるのがいやなだけであろう」

左近は手酌《てじゃく》をして杯を岩倉に向け、微笑んで飲み干す。

岩倉も酒を喉《のど》に流し込み、あきらめたように笑った。

「こうしてのんびりと酒を酌《く》み交《か》わすのも、悪くない」

岩倉はそう言って、銚子《ちょうし》を向けた。

それからは酒を飲みながら将棋を指したのだが、夢中になれば時が経《た》つのは早く、気づけば日が西に傾《かたむ》いていた。

「すっかり長居をしてしまった」

見送りに出た光代に詫《わ》びた左近は、岩倉にまた会おうと約束して、家をあとにした。

二

「いたぞ！」

男の叫び声がした。

藩邸に帰るべく、生垣に挟まれた道を歩いていた左近は、急に湧《わ》き立った殺気に足を止めた。

小五郎も同時に感じたらしく、左近の前に出て警戒する。

西日が当たる四辻の左側から走り出たのは、二人組だ。揃いの黒い着物と袴《はかま》に身を包んだ二人のうち一人は覆面で顔を隠し、もう一人は、朝に見ていた曲者の男だった。

男は、恨みに満ちた目を左近に向けて刀を抜いた。

「お前のせいで、父は無念を晴らせぬまま命を落としてしまったのだ。許さん！」

腹の底から叫び、刀を振り上げた。

小五郎が割って入ると、男は邪魔をするなと怒鳴り、小五郎に斬りかかった。

一足飛《いっそくと》びに間合いを詰めた小五郎は、刃をかわしざまに、拳《こぶし》を相手の腹に突き入れる。

痛みに身をかがめた後ろ頭に小五郎が肘《ひじ》を打ち下ろすと、男は気を失って倒れた。

無言の気合をかけた一撃が、小五郎を襲う。

跳びすさってかわした小五郎だったが、太刀筋が鋭く、着物の胸のあたりが切れている。

それを一瞬見た小五郎は、下から斬り上げられた一撃を右に横転してかわし、空振りした相手の隙《すき》を突いて手裏剣を投げた。

曲者は見もせず刀で打ち飛ばし、左近に迫る。

真横に一閃《いっせん》された切っ先を下がってかわした左近は、この者の太刀筋を見て安綱を抜き、小五郎に下がるよう命じた。

正眼《せいがん》に構える左近に対し、曲者は右足を引き、両手でにぎる刀の柄《つか》を顔の左に引いて刀身を身体の前に下げ、刃全体を左近に見せる。

一見すると、刀を操《あやつ》りにくそうな形《かた》だが、左近は、覆面の奥にある鋭い眼差しに、並々ならぬ自信を見抜いていた。

曲者は形《かた》を崩すことなく、すり足で間合いを詰めてくる。

左近は正眼のまま動かぬ。

互いの剣気がぶつかると同時に、左近が一瞬速く出た。

安綱を打ち下ろした左近の一撃を刃で受け流した曲者は、右足を大きく横に出すと同時に刀身を頭上で右に回し、左近の右肩をめがけて打ち下ろした。

その太刀筋は鋭く、並の剣客であれば、刀を受け流された隙を突かれ、討ち取られていただろう。

だが、左近には通じなかった。

左近は一足飛びに刃をかわし、振り向きざまに振り上げた安綱を、曲者の額《ひたい》めがけて打ち下ろした。

目を見開いた曲者は、峰《みね》打《う》ちに気を失って倒れた。

その前に呻《うめ》き声を聞いていた左近は、曲者の手から刀を奪って小五郎に渡し、覆面を取った。

声を聞いて思ったとおり、女だった。しかもまだ娘だ。

左近が小五郎に告げる。

「悪事を働くようには思えぬが、手を縛れ。話を聞きたい」

「はは」

すでに男を縛っていた小五郎が、女の手に縄をかけ、左近が峰打ちした額を確かめた。

大した傷ではないと見た小五郎が、左近に訊く。

「ここで起こしますか」

「うむ」

応じた小五郎は、懐から出した小さな瓢簞《ひようたん》の栓《せん》を抜き、女の鼻に近づけた。

気付け薬に眉根《まゆね》を寄せた女が、ゆっくりと瞼《まぶた》を上げ、はっとしたように目を見開いた。両手を縛られていることにうろたえた女は、左近に怒りの目を向ける。

小五郎が男を起こすと、男も同じ目を左近に向けた。

「お前たちは兄妹か」

問う左近を、二人は睨《にら》んだまま答えない。

「朝にいたもう一人が、父親か」

すると、女は目に涙を浮かべるも、無言のまま顔を背《そむ》ける。

左近が男を見ると、唇《くちびる》を嚙《か》みしめた顔を横に向けた。

よほどの事情があると見た左近は、小五郎に命じた。

「この二人を、浜で見張れ」

浜とは浜屋敷のことだ。

左近の意を汲《く》んだ小五郎は、二人の目を塞《ふさ》ぎ、町駕籠《まちかご》を雇ってくると、浜屋敷に連れていった。

「小五郎殿、今なんと申された」

桜田《さくらだ》の藩邸に戻っていた左近に、その後の報告をする声を聞いた又兵衛は、答えを待たずに左近を見てきた。

「殿、先ほどお戻りになられた時は、久しぶりに岩倉殿とお会いして楽しかった、こうおっしゃったではありませぬか」

左近はとぼけるような顔をする。

「楽しかったのは間違いない。そう目くじらを立てるな」

「聞き捨てなりませぬ。若い男女を浜屋敷に軟禁したとはどういうことです。いったい何があったのですか」

左近がかいつまんで話そうとする前に、又兵衛は小五郎を責めた。

「小五郎殿、ありていに申されよ」

又兵衛が熱くなるのは、鶴姫がこの世を去ったことで、左近が以前のように命を狙われるのではないかと案じているからにほかならず、左近は心配をさせぬためにわざと黙っていたのだ。

小五郎は、しくじったとばかりに、左近と目を合わせてきた。

左近がうなずくと、小五郎は、今日一日のことを話して聞かせた。

するとようやく、又兵衛は落ち着きを取り戻したものの、不機嫌な顔で言う。

「逆恨《さかうら》みではござらぬか。へそを曲げて口を閉ざしておるなら、それがしが浜屋敷に行き、叱《しか》ってやりまする」

さっそく行こうとする又兵衛を、左近が止めた。

「もう夜も更《ふ》けておるゆえやめておけ。明日、余《よ》がじっくり話をする」

不承不承《ふしようぶしよう》に従う又兵衛を横目に、左近は小五郎に二人から目を離さぬよう命じた。

小五郎は承知し、浜屋敷に戻っていった。

三

夜が明け、広い部屋の隅々まで見えるようになると、男と女は障子に映《うつ》る見張りの人影を確認し、ひそひそ話をはじめた。

断片的に聞こえる女の声によると、広くて立派な造りに困惑しているようだ。

「何者だろうか」

男がそう答え、女は不安そうな顔で部屋を見回している。

そこへ、左近の家来が二人来た。一汁一菜《いちじゆういつさい》の朝餉《あさげ》の膳《ぜん》を置いて去ろうとする二人に、男が声をかけた。

「ここはどこですか」

家来が何も答えず障子を閉めようとすると、女が声を張った。

「厠《かわや》へ行かせてください」

するとと家来は、男女の後ろを指差す。

「そこを出た右側にある」

障子を閉めた家来が、見張りに何か告げて去っていった。

女は我慢していたのか、すぐに部屋を出た。

男は廊下に出て、閉められている戸を開けると、落胆の息を吐いた。腰高《こしだか》の窓の外は、海が広がっていたからだ。

厠から出てきた女が、男と並んで海を見た。そして、小声で何ごとか告げた。男にしか聞こえないと思ってのことだろうが、廊下で二人を見張り続けている小五郎は、類《たぐ》い稀《まれ》なる聴力《ちょうりょく》の持ち主だ。

これからどうなるのかと、不安そうな声を聞いた小五郎は、膝《ひざ》を転じて立ち、障子を開けた。

振り向いた男女が、警戒の色を浮かべる。

小五郎は中に入らぬまま問う。

「話す気になったか」

すると、男が口を開いた。

「ここは、どなたのお屋敷ですか」

「悪を許さぬ、やんごとなきお方のものだ」

「わたしたちは、これからどうなるのですか」

「それは、そなたたち次第だ。いったい何があってあのようなことをしたのか、すべて話してみぬか」

逡巡《しゅんじゅん》するような沈黙のあとで、男は何か言おうとしたのだが、女が腕をつかんで止め、何ごとかささやいた。

相変わらず、離れた廊下にいる小五郎には聞こえぬと思っているのだろう。

だが、ひそひそと話す内容は、小五郎にはすべて筒抜《つつぬ》けだ。

そうとも知らず、男は女にうなずき、小五郎に顔を向けた。

「何も話すことはありませぬ。逆恨みとお怒りなら、伏して詫びます。このとおりです、ここから出してください」

揃って平身低頭《へいしんていとう》する男女に、小五郎は応じない。

「どうしても話す気にならぬか」

男女は頭を下げたまま、何も語ろうとしない。

「言わぬなら、出すわけにはいかぬ」

小五郎は食事をとるよう促《うなが》し、障子を閉めた。

そして、左近の部屋に急いだ。

葵《あおい》の御紋《ごもん》入《い》りの黒羽二重《くろはぶたえ》に灰色の袴を着けている左近は、文机《ふづくえ》の前に正座し、学問書を読んでいた。

小五郎が部屋の前で片膝をつくと、左近は顔を向けた。

「何かしゃべったか」

「いえ、ただ、気になることが耳に入りました」

小五郎の耳のよさを知る左近は、近くに寄るよう手招きした。

膝を進めて向き合った小五郎は、背筋を伸ばした。

「男は話そうとした様子でしたが、女が止めました。古東武太夫《ことうぶだゆう》殿に伝わるのを恐れているようです」

「三人が命を奪おうとしていた男か」

「わかりませせぬ」

「名を、はっきり聞いたのだな」

「はい。二千石の旗本に同名の者がおります」

記憶力に優《すぐ》れている小五郎に間違いはない。

左近はうなずいた。

「本丸御殿で会《お》うておるはずだが、顔を覚えておらぬ。広尾で見た男は、気が弱そうであったが、余の思い違いか」

「相手は殿と気づいたのかもしれませぬ」

「確かに、ない話ではない」

小五郎は付け加えた。

「あの二人のことですが、兄と妹でございます」

「親子三人で、何をしようとしていたのか。襲われていた男が旗本の古東武太夫本人ならば、何かあるはずだ。古東の身辺から調べてみよ」

「はは」

下がった小五郎は、顔を確かめに古東家に向かった。

神田明神下《かんだみようじんした》にある屋敷は、二千石の旗本に見合う門構えだ。門前を掃《は》き清めている中間《ちゆうげん》の男は、気がたるんだ顔であくびをしていた。

小五郎はその中間を横目に門前を通り過ぎ、漆喰《しつくい》の長屋塀に沿って武家屋敷が並ぶ通りを歩き、細い路地に入った。

日が当たらぬせいで、塀が苔《こけ》むしている。すぐ下を流れる溝《みぞ》のせいもあるだろう。

裏の路地に出た小五郎は、前から歩いてきた侍に道を譲り、神妙な態度で頭を下げた。

穏やかな表情をした侍は、どこぞの家に仕える者だろう。偉ぶるでもなく、大工道具を肩に載せている小五郎に手刀《てがたな》を切って、前を通り過ぎていった。

その侍が路地の角を曲がるのを見届けた小五郎は、大工道具を置き、前から来た町人の男に向かって歩く。そして、互いにぶつかりそうになったところで、相手が腹の前で組んだ手に右足をかけた。次の瞬間、宙に投げ上げられた小五郎は、高い塀の上に音もなく下り、中に人がいないのを確かめて忍び込んだ。

小五郎を送り込んだ配下の者は、何ごともなかったように歩みを進め、大工道具を持って去った。

およそ千坪の敷地には、表と奥に分けられた建物があり、家来たちが暮らす長屋塀と、蔵が三つ、そして、用途がわからぬ小屋などが点在する。

それらの小屋は、屋敷内を探る小五郎にとって都合のよいものだ。

身を隠しながら移動した小五郎は、奥向きの屋敷を見つつ、表側に回った。手入れが行き届いた庭が広がっており、池のほとりに二人の男がいるのを目にとめた小五郎は、気づかれぬよう身を潜《ひそ》めた。

庭の一画に設《しつら》えられた棚《たな》には、見事な枝ぶりの松の鉢植《はちう》えが置かれている。

その鉢植えを愛《め》でているのは、光沢《こうたく》のある紺色《こんいろ》の、上等な生地《きじ》の小袖《こそで》と羽織《はおり》を着けた男だ。付き従う商人と二人で、鉢植えについて語り合っている。

秋が深まっても葉が色づかない庭木と同化して潜んでいる小五郎は、鉢植えを贈られて喜ぶ様子から、古東武太夫だと判断した。

古東が上機嫌なのとは対照的に、商人の表情は冴《さ》えぬ。だが、古東が向くと、商人は途端に表情を穏やかにして頭を下げた。

帰る商人を見ていた古東が、小五郎が潜んでいるほうへ歩いてきた。

その顔にはほくろがあり、広尾で出会った男に間違いなかった。

小五郎が近くにいるのにまったく気づく様子がない古東は、厠に入った。

見届けた小五郎は、葉も揺らさず離れて下がり、忍び込んだ場所から外へ出た。

周囲を警戒していた配下が駆け寄る。

小五郎は大工道具を受け取り、出てきた商人を見たかと問う。

すると配下は告げた。

「久蔵《きゆうぞう》が張りついております」

うなずいた小五郎は、引き続き古東の身辺を調べるよう命じて、その場を立ち去った。

一旦煮売り屋に戻った小五郎に久蔵が繋《つな》ぎをよこしたのは、七つ（午後四時頃）が過ぎようという頃だ。

店の外で、客たちの声がした。

「なんだい、せっかく来たのに、今日も休みか」

「なになに？　都合により、当分休みますと書いてあるぜ」

貼り紙を読んだ客が、大きなため息をついた。

「大将の悪い癖が出たんだろうよ。今頃は、どこぞの温泉にでも浸《つ》かって、美しい女将《おかみ》さんとしっぽりやっているんだろうなあ」

「羨《うらや》ましい」

別の店に行こうと言って立ち去る客たちを格子窓《こうしまど》からそっと見て、小五郎は苦笑いを浮かべた。

かえでは、何も聞いていないとばかりに、久蔵の言伝《ことづて》を持ってきた配下に茶を淹《い》れている。

配下の者は、ちらりとかえでを見て、冷めている茶で喉の渇きを潤《うるお》した。

小五郎はかえでに三島屋の警固《けいご》をまかせ、配下と共に店の勝手口から出ると、日本橋に走った。

古東を訪ねていた商人は、日本橋で商売をする夢屋《ゆめや》という呉服屋のあるじだったのだ。

店の前で張っていた久蔵が、小五郎の顔を見るなり、申しわけなさそうに頭を下げた。

「近所の者に探りを入れましたところ、呉服屋のあるじは、不手際がもとで出入りを禁じられそうになり、焦《あせ》っていたそうです」

小五郎は、表に掲《かか》げられた看板を見上げた。

「夢屋は、何をしたのだ」

「武太夫殿が作らせた打掛《うちかけ》が、番頭の手違いで、他家に送られたそうです。すぐに戻したところ、一度人手に渡った物をよこすとは何ごとかと、激怒したそうにございます」

「なんとも傲慢《ごうまん》だな」

小五郎は、広尾で左近に見せた気弱そうな表情からは想像できなかった。

「詫びのしるしに松の鉢植えを贈ったというわけか」

ぼそりとこぼす小五郎に、久蔵が言う。

「あるじは帰るなり、引き続き出入りを許されたと店の者に告げ、打掛を新しく作りなおすよう命じておりました」

「松の鉢植えを贈ったうえに打掛の作りなおしをするとなると、商《あきな》いとしては大損だが、そこまでするほど、上客だというわけか。ここには、命を狙われることに繋がる話はなさそうだな」

「気になったことがひとつ」

「なんだ」

「あるじが古東家の出入りを続けられると告げた時、番頭がいやそうな顔をしたのです。気のせいかもしれませんが、他にも何かありそうな気がするのですが」

「不服に思っているなら、今夜あたり、番頭の腹の内を吐き出させてやれ」

心得ているとばかりに含んだ笑みを浮かべた久蔵は、支度に走った。

四

夜が更けるまで仕事をしていた番頭は、住み込みの奉公人たちに戸締まりを怠《おこた》らぬよう命じて、近くの長屋に帰るべく勝手口から出た。

路地を歩いて日本橋川《にほんばしがわ》のほとりに出た時、空腹を刺激する出汁《だし》の匂いに足を止めた。

「煮売りの屋台か」

夜になって冷え込んでいたのもあり、屋台に下がっている酒の暖簾《のれん》を見て、番頭は舌なめずりをした。

「熱いのを一杯ひっかけて帰るか」

湯気に誘われて、長床几《ながしようぎ》に腰を落ち着けた。

「いらっしゃい」

屋台のおやじが明るく迎えると、番頭は仏頂面《ぶつちようづら》で熱燗《あつかん》と煮物を注文した。

「おや、夢屋の番頭さんじゃないですか」

声をかけられて横を向くと、見知らぬ男が笑みを浮かべている。

客だったら失礼だと思った番頭は、仏頂面を一変させて、商い用の笑顔を作る。

「一年前に女房に着物を買ってやった時以来ですな」

一年も前の、しかも常連ではない客の顔などいちいち覚えちゃいない。

胸の内で、まっすぐ帰ればよかったと後悔しつつも、番頭は愛想《あいそ》よくする。

「ささ、まずは一杯」

人の酒をもらいたくはないが、商売のためと酌を受け、ぬるい酒に舌打ちしたい気持ちを抑《おさ》えて微笑み、返杯をした。

男が途端に、深刻そうな顔をして言う。

「今日は、古東様のことで大変だったようですね」

「えっ？」

唐突《とうとつ》に言われて、番頭は面食らった。

男が続ける。

「店で女房に似合いそうな反物《たんもの》を選んでいた時に、旦那さんが帰ってらっしゃったでしょう。聞いてしまったのですよ」

そういえば、手代が相手をしていたと今になって思い出した番頭は、悟《さと》られぬよう笑みを浮かべる。

「出入りを継続できて、ほっとしているところです」

番頭は、出された熱燗を手酌して、喉に流し込んだ。

すると男が、ささやくように訊く。

「それは、本音ですか」

「は？」

「実は手前も、古東様には痛い目に遭《あ》わされたことがありましてね。そのことを店の若いお方にこぼしたところ、うちも困っているのだと、おっしゃっていたもので」

「あいつ……」

口が軽い手代の顔を頭に浮かべた番頭は、隣に座る男を見た。

穏やかな表情は、探りを入れているようには思えない。

「どのような目に遭わされたのですか」

こう問うと、男は苦笑いを浮かべた。

「広尾の別宅に関わることです」

あるじから妾のことを聞いていた番頭は、男にちろりを向けた。

「こりゃどうも」

恐縮して酌を受ける男に、番頭は言う。

「古東様は、金にうるさいお人ですからね。お前さんも、損をしなさったのか」

「ええ、まあ、そんなところです」

歯切れが悪いところをみると、よほど大損をしたに違いないと思った番頭は、酒を酌み交わして告げた。

「うちもです、こたびばかりは大損だ。古東様は大儲《おおもう》けしてらっしゃるというのに、金のことになると、途端に度量が狭くなられる。お前さん、そうは思わないかい」

「まったくおっしゃるとおりですよ。今夜は、損をさせられた者同士、とことん飲みましょう」

応じた番頭は、酒で気が大きくなったのも手伝い、腹に溜《た》めていた鬱憤《うっぷん》を吐き出した。

五

「夢屋は、兄妹に関わりがありませぬ」

浜屋敷の庭でそう告げた小五郎を、左近は茶室に上げた。

「まずは一服」

左近が茶を点《た》てた楽茶碗《らくちゃわん》を差し出すと、小五郎は所作《しょさ》も正しく飲み干し、背筋を伸ばして続ける。

「久蔵が夢屋の番頭から聞き出した話によりますと、古東殿の元家来が、京橋で両替屋をしておりました」

左近は茶碗を引き取りながら訊く。

「両替屋を調べたか」

「はい。店の名は金城屋《かねしろや》です。あるじの権兵衛《ごんべえ》は、古東家の勝手方《かってかた》をしていた家来で、本名は栖本《すもと》権兵衛と申します。歳は三十ですが、商いの才を発揮し、大いに儲けを出しております」

「元家来ならば、儲けが古東家に入っているか」

「おそらく」

調べを進めていた小五郎は、さらに続ける。

「手の者に命じて金城屋の近所に聞き込みをさせましたところ、金城屋は、権兵衛に乗っ取られたのではないかと言う者がおりました」

左近は、茶碗を拭《ふ》く手を止めた。

「穏やかな話ではないな」

小五郎は真顔でうなずく。

「他にもそう証言する者がおり、前のあるじは二年前に、おふうという若い後妻を娶《めと》って半年後に、辻斬《つじぎ》りに遭い命を落としております」

「権兵衛の仕業《しわざ》か」

「いえ、あるじ亡きあとは、おふうが店を守っていたそうです。番頭のおかげで、商売はうまくいっていたそうなのですが、その番頭も物取りに襲われて命を落としてしまい、困り果てたおふうは、どこからか、権兵衛を雇ってきたそうにございます」

「できすぎた話だ」

「わたしもそう思いましたが、近所では、気の毒な話として知らぬ者がおりませぬ」

「まだ何かあるのか」

「はい。不幸が続き、店を守ろうと懸命に働いていたおふうが病《やまい》を得てしまい、権兵衛に店をまかせて療養をしに箱根《はこね》に行ったきりだそうです」

「病は、まことか」

「おふうが駕籠に乗る前に、権兵衛に店を頼む姿を町の者が見ておりますから、間違いありませぬ。その後おふうは一度も戻らぬままで、権兵衛が町の者に言うには、おふうから身代《しんだい》を譲られたとのことです」

「いつの話だ」

「権兵衛があるじとなり一年が経っております。今では、奉公人も総入れ替えされ、権兵衛が店を大きくしており、町の者たちには、悪く言う者もおれば、善人で、日頃から世話になっていると言う者もおります」

「経緯《いきさつ》はわかった」

兄妹は金城屋の先代に縁がある者と睨み、ここは甲府藩主綱豊として二人の前に出ることにした。

応じた小五郎が先に立ち、障子を開けた。

左近は、兄妹を幽閉《ゆうへい》している海沿いの建物に渡った。

ちょうど外に出てきた二人の家来が、小道を歩いていた左近に場を譲って頭を下げた。

二人は、朝餉の膳を持っている。

皿が空になっているのを見た左近は、兄妹がちゃんと食べたことに安堵《あんど》し、足を進めた。

見張りに立っている小五郎の配下が、障子を開けた。

小五郎が廊下で片膝をつき、左近が座敷に足を踏み入れると、兄妹は驚いた顔を見合わせて、不安そうに左近を見てきた。

小五郎が告げる。

「甲府藩主、徳川綱豊様だ」

兄妹は愕然《がくぜん》として、下座に並んで平伏《へいふく》した。

上座に正座した左近は、じっと見据《みす》えた。

「二人とも、面《おもて》を上げなさい」

兄妹はひれ伏したまま顔を上げず、兄が詫びた。

「先日は甲州様とは露知《つゆし》らず、とんだご無礼をいたしました。申しわけありませぬ！」

「よいから顔を上げなさい。それでは話ができぬ」

「はは」

兄が妹を促し、揃って顔を上げた。

兄は悔恨《かいこん》と恐れを顔に浮かべ、妹はうつむいている。

恐れる兄妹に、左近は穏やかに告げた。

「手の者が調べたところ、そなたたちが襲った相手の素性《すじょう》がわかった」

途端に、兄妹が動揺したのがわかった。

妹が、膝の上で重ねている手に力を込めるのを見た左近は、こう切り出す。

「相手は旗本ゆえ、ことと次第によっては力になろう。何があっての狼藉《ろうぜき》か、話してみぬか」

兄もうつむいてしまい、しばらく待っても二人は話そうとしなかった。

無理強《むりじ》いをしない左近は、話題を変えた。

「あの折、そなたたちの父親は深手《ふかで》を負わされていたのだな。助けられず、すまなかった」

詫びられて顔を上げた妹は、左近が頭を下げているのを見て瞼《まぶた》を見開き、兄が焦りの声をあげた。

「どうか、お顔をお上げください」

「話してみぬか」

左近が目を見て言うと、兄はうつむいた。

左近は妹を見て問う。

「父親の亡骸《なきがら》は、どうしているのだ」

妹は目を兄のほうへそらし、ためらいの色を浮かべたが、それは一瞬で、か細い声で答える。

「菩提寺《ぼだいじ》に人を遣《つか》わして、お頼みいたしました」

二人は左近を襲う時も、命がけだったのだ。

この時点で、死後四日経っている。

葬儀もまだのはずと察した左近は、二人に告げる。

「では菩提寺に行き、父御《ちちご》をねんごろに弔《とむら》うがよい」

兄妹は期待を込めた目を左近に向けた。

「お許しいただけるのですか」

「ただし条件がある。命を粗末にせぬと、約束できるか」

返答に迷う二人に、左近が続ける。

「相手は二千石の旗本だ、二人の手に負える相手ではないと心得よ。恨みがあるなら、いつでも聞くゆえ、桜田の藩邸にまいるがよい。どうだ、約束できるか」

念押しすると、兄が居住まいを正した。

「はい。甲州様のご温情に、感謝いたしまする」

「小五郎、二人を出してやれ」

「はは」

兄妹は涙を流し、左近に頭を下げた。

「ありがとうございます」

小五郎についてゆく兄妹を見送りながら、左近がつぶやく。

「結局、二人とも名乗らなかったな。かえで」

どこからともなく左近の前に現れたかえでが、片膝をつく。

「兄妹から目を離すな」

「承知いたしました」

顔を見られていないかえでは、兄妹を追って走り去った。

六

脇門から解き放たれた兄妹は、小五郎に深々と頭を下げ、町へ戻ってゆく。

大通りに出た二人は、店の者に声をかけて方角を教えてもらい、日本橋のほうへ歩みを進めた。

かえでは、人が多い大通りに出た時から兄妹の後ろにつき、距離を空けてあとを追いはじめた。

まったく気づかぬ兄妹がまっすぐ向かったのは、神田の聖福寺《しょうふくじ》だ。

瓦葺《かわらぶ》き屋根《やね》の山門《さんもん》を潜《くぐ》り、寺の者にあいさつをすると本堂の裏に回った。そこには墓地があり、住職の案内で墓前に立った妹は、

「父上」

悲痛な声をあげて、墓標の前で泣き崩れた。

兄が手を合わせ、声を殺して肩を震わせている。

情に流されることなく、物陰から冷静に見守っているかえでは、古東の手の者が待ち伏せしていないか、あたりを警戒した。周囲には墓参りする町人が数人いるだけで、怪《あや》しい影はない。

墓前で住職が読経《どきよう》をはじめ、妹はようやく落ち着きを取り戻したようだ。

兄妹で父の弔いを終えると、寺をあとにした。

向かった先は、広尾だ。

付かず離れず見守っていたかえでは、左近との約束を忘れて古東の命を狙うのではないかと心配し、いざという時は声をかけるつもりでついていった。

だが、兄妹が向かったのは広尾の町中にある仕舞屋《しもたや》だった。どうやら、ここが住まいのようだ。

外で立ち話をしていた近所の女たちが、兄妹を見て声をかけた。

お父上は気の毒なことでした、ご愁傷《しゆうしよう》様です、といった言葉をかけられて、兄妹は黙って頭を下げ、家に入った。

帰る女たちが、かえでの横を通り過ぎる時に話していたのは、突然の不幸に見舞われた兄妹を心配することだ。

どうやら、父親が古東に返り討ちにされたことまでは、知られていないようだ。

女たちを目で追ったかえでは、あたりに人がいないのを確かめ、兄妹の家に近寄る。

人の気配を察したかえでが家の角に身を隠すと、雨戸を開けた兄が、部屋の中に向かって重々しく告げた。

「もうあきらめよう」

「わたしはいやです。このままでは、父上と兄上が成仏《じょうぶつ》できません」

「泣くな、甲州様との約束を破るわけにはいかないだろう」

「いやです！」

悔しさをぶつける妹をなだめるため、兄は部屋に戻った。

それからは、はっきり声を聞き取ることができなくなり、かえでが縁側に近づく。すると、妹は泣くばかりで、兄はなだめながら、台所で火を熾《おこ》そうとしていた。

「甲州様のおかげで、今日は父上の弔いができたのだ。先のことは、ゆっくり考えよう。腹が減っただろう。待っていろ、米を炊《た》いてむすびを作ってやる」

「食べる物なんてないから」

米櫃《こめびつ》を開けた兄は、そうだったと言って、がっくりとうな垂れた。

妹は、そんな兄のところに行き、馬鹿な兄上と言って笑った。

兄妹が町の米屋で当分食べられる量を買い求めるのを見届けたかえでは、左近に知らせるべく、浜屋敷へ戻った。

七

翌朝、まだ薄暗いうちに、小五郎は聖福寺に走った。

かえでの話を聞き、兄妹の家族に何があったのか案じた左近から、調べるよう命じられての行動だ。

この日は珍しく霧《きり》が出ており、朝日が当たった寺の山門は、霧で霞《かす》んでいる。

大扉は閉められているが、墓参りをする者が脇門を開けて入っていった。

小五郎も続いて入り、先に入って戸を開けて待ってくれた初老の女性《にょしょう》に会釈《えしゃく》をすると、女性は微笑んで応じ、境内《けいだい》に歩みを進めた。

小五郎は寺の者を探して、本堂へ足を向けた。

紅《あか》く色づいた楓《かえで》の葉が、朝露《あさつゆ》で色鮮やかに見える。

竹箒《たけぼうき》で地面を掃く音がするほうを見ると、寺男らしき老爺《ろうや》が落ち葉を集めていた。

小五郎は小走りで近づき、気づいて顔を上げた老爺に笑みを浮かべて声をかける。

「お手を止めてあいすみません。ちょいと、教えていただきたいのですが」

紺色の着物の裾《すそ》を端折《はしょ》り、浅葱色《あさぎいろ》の股引《ももひき》を穿《は》いている老爺は、愛想よく応じる。

「なんでしょう」

「昨日も本堂に手を合わせに来ていたのですが、その時に見かけた若い兄妹が、世話になったお方のお子様に似ておりましたもので、どうにも気になっているのです。弔いをされていたようですが、差し支えなければ、お名前を教えていただけませんか」

小五郎が袖袋《かくし》から出した小銭を差し出すと、老爺はあたりを見て受け取り、真顔で答えた。

「亡くなったのは、大杉彦三郎《おおすぎひこざぶろう》様だ。ご存じの人かね」

小五郎は、辛《つら》そうに目を閉じた。

「はい、恩人です」

「そうかね。遠慮せずに、兄妹に声をかけてやればよかったな」

「何年も前のことで、違っていれば失礼だと思いまして」

小五郎の芝居を、老爺は疑う様子はない。

「気の毒なことだ」

そうつぶやいた老爺は、ひとつため息をついて続けた。

「知ってのとおり父親は浪人だったが、三年前に、長男の智之輔《とものすけ》殿が旗本に召し抱えられたんだ」

「それは知りませんでした」

さも驚いたようにする小五郎に、老爺は続ける。

「家族みんなで幸せになったと思っていたのに、ひと月前に、智之輔殿が首を吊ってしまったんだ」

涙を流す老爺に、小五郎は絶句した芝居を欠かさずに詰め寄る。

「どうしてそんなことになったのです」

両肩を揺すられた老爺は、悲しそうに歪《ゆが》めた顔を横に振る。

「ご遺族から、わけは聞いておらんのだ。でも和尚《おしよう》様は、旗本家でひどい目に遭っていたのは間違いなかろうと、おっしゃっていた」

「その旗本の名を教えてください」

「ええっと、なんだったかな……」

額に手を当てて思い出そうとする老爺に、小五郎は古東の名を出さなかった。

兄妹に確かめればよいのだし、ここでは、怪しまれないようにするためだ。

小五郎は老爺の肩から手を離して、心配そうに言う。

「大杉の旦那までお亡くなりになられて、兄妹はたった二人になってしまわれたのですか」

「母親を、早くに亡くしているからな」

言った老爺が、不思議そうな顔をした。

「お前さん、知らなかったのか」

小五郎は動じず、苦笑いを浮かべる。

「大杉の旦那とは長いことお付き合いさせていただきましたが、家族のことはあまりおっしゃらないし、家にお邪魔したのは一度きりだったもので、お子さんの名前も忘れてしまいました」

旗本の名が思い出せない老爺は、同調したようにうなずく。

「次男は智次郎《ともじろう》殿、長女は紗代《さよ》殿だよ」

小五郎はわざとらしく手を打ち鳴らす。

「そうでした」

老爺は右手に持った箒を地面に何度も当てながら、大きなため息をついて言う。

「親子はほんとうに仲がよくて、笑顔が絶《た》えなかったのに、どうしてこのようなことになってしまったのか、気の毒でたまらないよ」

涙で声を詰まらせる老爺に、教えてくれてありがとうと頭を下げた小五郎は、墓に手を合わさせてもらうと言い、その場を立ち去った。

墓地には行かず、急ぎ浜屋敷へ帰った小五郎は、左近に報告した。

黙って聞いていた左近は、表情を厳しくする。

「嫡男《ちゃくなん》智之輔が仕えていたのが古東家ならば、自害した理由を知った父と兄妹が武太夫殿を恨み、仇討《あだう》ちを仕掛けたか」

「おそらくそうではないかと」

「兄を自害に追い込み、父を返り討ちにされたとなると、兄妹の怒りと悲しみは深かろう。やはり、目を離すべきではなかった」

かえでを兄妹の見張りに戻さなかったことを後悔する左近の意を汲んだ小五郎が、申し出る。

「ただちに兄妹のもとへまいります」

「かえでと共にゆき、兄妹をこれへ連れてまいれ。何があったのか、余が今一度問う」

「はは」

下がった小五郎は、廊下に控えていたかえでと共に広尾に走った。

走りながら、かえでが問う。

「古東家の仕打ちで兄を失ったと恨んでいるなら、弟と妹は、どうして殿に何も言わぬのでしょうか」

「殿は言葉にされぬが、奥深い何かを感じておられるようだ。兄妹から聞き出すために、召し出そうとされている。急ぐぞ」

足を速めた二人は、広尾の町に入り、小道を兄妹の家に向かった。

もう日が高いというのに、雨戸が閉められたままだ。

小五郎はかえでを止め、家の外から気配を探る。

物音ひとつせず、人が潜んでいるようでもない。

「まさか、仇討ちに行ったのでは」

かえでの声を聞きながら、小五郎は裏に回った。裏の雨戸も閉められているが、勝手口の戸が少しだけ開いている。

引き開けてみると、薄暗い炊事場《すいじば》の板の間に、砂の足跡があった。一人や二人のものではない。

「しまった」

小五郎は土足で上がり、奥へ通じる板戸を開けて目を見開いた。

顔中が赤紫に腫《は》れ上がった智次郎が、仰向《あおむ》けに倒れていたからだ。

脇差の鞘が転がり、本身《ほんみ》は見当たらない。

智次郎の鼻に指を近づけると、息をしているので胸をたたいたのだが、小五郎はすぐにやめた。あばらが折れているのがわかったからだ。

「おい、しっかりしろ」

智次郎が微《かす》かに呻いた時、

「お頭《かしら》」

襖《ふすま》を開けたかえでが呼んだ。

見ると、着物が乱れたままの紗代が倒れていた。

かえでが身体を隠してやると、紗代は目を開けた。焦点《しょうてん》が定まらぬ目を天井に向け、かえでの腕をつかんだ。

「もう大丈夫だから、しっかりして」

声をかけるかえでに、紗代は少しだけうなずいた。

小五郎が智次郎の手をにぎって力を込めた。

「妹は無事だぞ、目をさませ」

智次郎はゆっくり瞼《まぶた》を上げ、目だけを小五郎に向けた。

「誰にやられたのだ」

「寝込みを襲われて、誰か、わかりませぬ。しかし、やらせたのは二千石の旗本、古東武太夫に違いありませぬ」

「兄上が仕えていた旗本か」

答えようとした智次郎は、意識が遠のきそうになる。

小五郎は手をしっかりにぎりしめて揺すった。

「しっかりしろ！　智之輔殿が仕えていたのは、古東武太夫なのか」

呼び戻されて瞼を上げた智次郎は、

「そう、です」

そう言い残して、首の力が抜けた。

瞼を閉じてやった小五郎は、助けられなかったことを悔《く》やみ、歯を食いしばった。

「しっかりして！」

かえでの悲痛な声がしたので小五郎が行くと、紗代は何か言おうとして、息絶《いきた》えてしまった。腹の刺し傷が、命を奪ったのだ。

目尻から流れる一筋の無念を、かえではそっと拭《ぬぐ》ってやり、小五郎を見てきた。

「親兄弟のそばに葬《ほうむ》ってやろう」

小五郎はそう言うと、人を呼びに走った。

八

兄妹をねんごろに葬ったあと、左近の命を受けた小五郎は、古東武太夫の悪事を暴《あば》くべく、目を光らせていた。

張りついて二日後の今日は、大名と旗本が総登城をする日だ。

二千石の旗本の古東も、裃《かみしも》の出《い》で立《た》ちで屋敷の表門から出てきた。

これまで、何ひとつ怪しい動きはない。

しかし小五郎が気になったのは、古東の供をする四人の家来だ。いずれも人相が悪く、目つきも鋭い。

惨《むご》い殺され方をした兄妹の姿が目に浮かんだ小五郎は、この四人の仕業ではないかと思えてならぬ。

武家地だけに周囲から怪しまれぬように、紋付羽織《もんつきはおり》と袴を身にまとい、大小の刀を帯《お》びている小五郎は、登城するため曲輪《くるわ》内《うち》に入った古東から離れた場所を歩いた。

道中もなんら変わりないところを見ると、今日も手がかりはなさそうだ。

大手門《おおてもん》から城に入る古東を見届けた小五郎は、付き従っていた家来たちがどう動くか目を光らせた。

大手門前は、登城したあるじを待つ家来たちで混雑し、それを目当てに、茶や菓子、むすびなどを売りに来る商人がいる。

にぎわう中、古東の家来たちも他家の者たちと同じで、暇《ひま》つぶしに世間話をし、時には声に出して愉快そうに笑った。

小五郎は、甲府藩の者たちを遠目に認めたが、古東の家来たちに警戒されぬために近寄らず、他家の家来たちの中に紛《まぎ》れ込んだ。

怪しまれぬよう場所を移動しながらも、古東家の者たちから決して目を離さぬ。

何ごともなく昼になり、腹ごしらえをして待ちくたびれた家来たちが、思い思いのかたちで座り、うとうとしている。

下城の太鼓《たいこ》が打ち鳴らされたのは、程なくだ。

待っていた家来たちは弾《はじ》かれたように立ち、大手門前がにぎやかになる。

大名や旗本家のあるじが門から出てくると、家来たちは口を閉ざし、静かに迎えた。

古東を見逃さぬ小五郎は、屋敷に帰るのを見届けるべく後ろに続こうとしたのだが、何者かに袖《そで》を引かれた。

見れば、間部詮房だった。

「殿がお呼びだ」

応じた小五郎は、甲府藩の駕籠へ急ぎ、片膝をついた。

戸を開けた左近が、まずはねぎらいの言葉をかけてきた。

優しいあるじに、小五郎は恐縮する。

「まだ、何もつかめておりませぬ」

「本丸御殿で、古東の羽振りのよさを妬《ねた》む声を耳にした。よくある話だが、出世のために、その筋の幕閣たちに大金をばらまいておるらしい。金の出どころは、言わずともわかろう」

「金城屋にございますか」

「あるじが古東の元家来というのがどうにも気になる。大杉家の長男を自害に追い込んだわけが、そこにあるとは思わぬか」

小五郎が見ると、左近は真顔でうなずいた。

「これより、金城屋を探りまする」

頭を下げた小五郎は、間部に大小の刀を預け、羽織袴を脱いで京橋へ向かった。

大通りに店を構えている金城屋は、頻繁《ひんぱん》に客が出入りしている。人着物の裾を端折り、裏から忍び込んだ小五郎は、大胆にも家の中を歩いた。人が来る気配を感じれば、すっと障子を開けて部屋に潜んでやりすごし、廊下を歩く。

前から掃除道具を持って歩いてきた奉公人の女が、何ごともなかったように通り過ぎてゆく。この時小五郎は、死角となる天井の角に跳び上がり、気を殺していたのだ。

真下を女が歩いていくと、小五郎は猫のように音もなく跳び下り、障子を開けて部屋に忍び込んだ。

侵入者にまったく気づかない店の者たちは、一日の仕事を終えると、夕餉をとりはじめた。

出されているのは、葱《ねぎ》が浮いただけの味噌汁に、漬物《つけもの》と飯のみ。しかも食べていい飯は、一膳だけだ。

大の大人が六人いるが、質素な食事に文句を言う者はおらず、くつろいだ様子で食べている。

奉公人には粗末な食事をさせ、あるじは贅沢《ぜいたく》をしているのではないかと考えた小五郎は、別の部屋にいる権兵衛の様子を見に行った。

一人で膳の前に座った権兵衛が食べているのは、奉公人たちと同じ物だった。しかも身に着けているのは、客の前に出ている時に着ていた上等な生地の着物とは違い、当て縫いがしてある。

奉公人よりも粗末な着物を着て、臥所《ふしど》で使う布団も薄く、油代を節約するために、早々と眠りに就《つ》く。

奉公人たちもそれに倣《なら》い、日が暮れて一刻（約二時間）が過ぎた頃には、皆眠りに就いた。

権兵衛は朝になると一番に起き、飯の前に帳面仕事をする。

蜆《しじみ》の味噌汁付きの朝餉は、夕餉よりはましなほうで、店を開ける直前には、奉公人たちに、今日も一日稼ごうと声を張り、奉公人たちの気を引き締めた。

両替に来た客を自ら接客し、笑顔を絶やさぬ権兵衛であったが、借財をしている客が返済を待ってくれと頭を下げに来れば、人が変わったように仏頂面となり、番頭に取り立てを厳しく命じる。

丸二日、誰にも気づかれず、影のように家の中に潜んで様子を探っていた小五郎は、権兵衛はとんでもない金の亡者なのだと確信した。

一日に稼ぐ額も大きく、権兵衛が自ら金を運ぶ蔵には、千両箱が山と積まれているはず。

その金が古東に渡っているのならば、この店の者たちが質素な暮らしをせざるを得ないのも納得できる。

強欲な権兵衛はおそらく、質素な暮らしで浮いた金を、己の物にしているのだろう。

しかしこれまで、大杉の家族を死に追いやった悪事に繋がるものはひとつも見当たらない。

左近に知らせるべきか迷っていると、帳場に戻った権兵衛が、番頭に告げる声が届いた。

明日、広尾の別宅で茶会を開くという内容だ。

支度は万事調《ととの》っているのか念押しする権兵衛に対し、番頭は、抜かりないと答えている。

広尾、というのが引っかかった小五郎は、左近に知らせるのは、茶会を確かめてからにすることにした。

翌日は、朝からよく晴れていた。

番頭と二人で出かける権兵衛を、小五郎は遠くから見ながらついてゆく。

古東が大杉親子に襲われていた場所を通り過ぎて少し歩いたところにある別宅に、権兵衛と番頭は入っていった。

生垣の先にある門は小さいが、別宅が並ぶこのあたりの雰囲気に合わせて風情《ふぜい》がある造りだ。

茶会に来る客のために戸が開けられたままの門前を横切った小五郎は、人気《ひとけ》がない裏に回って忍び込んだ。

程なく大勢の客が集まり、茶会がはじまった。

商人ばかりで、武家の姿はない。

表の庭には緋毛氈《ひもうせん》が敷かれ、客たちは、権兵衛がこの日のために雇った裏千家《うらせんけ》の師範が点《た》てる茶を楽しみ、日頃の忙しさを忘れて優雅な時を過ごしている。

続いて、江戸で評判の料理人が作った料理が振る舞われ、酒で気分がよくなってくると、商人たちの声は大きくなってゆき、人がおらぬ家の中に潜む小五郎の耳にもうるさいほどに聞こえてくる。

商人たちの話は、ほぼ自慢話だ。

いかに儲けたか、どこぞの芸者を身請《みう》けした、女房にせがまれて、箱根に別宅を買ったなど、どうでもいい話ばかりだが、小五郎は役目に徹して、一言一句《いちごんいっく》聞き逃さぬ。

話題は、茶会に同席した女のことになった。

客の一人が、美しい妹さんだと権兵衛に言うのを耳にした小五郎は、ある疑念が頭に浮かんだ。

すぐ近くで古東が襲われたため、権兵衛の妹と古東の仲を疑い、廊下の角からうかがい見た。

客と談笑する妹は、目鼻立ちがはっきりしていて、人の目を惹《ひ》く面立《おもだ》ちをしている。

その横にいる権兵衛が、思いつめたような顔をしているのを、小五郎は見逃さない。

古東の妾《めかけ》。

そう考えた小五郎は、この女は、おふうではないかと疑い、その場から下がって裏から外に出た。

一度藩邸に戻り、絵心がある配下に命じて女の似面絵《にづらえ》を作らせた小五郎は、翌朝を待って京橋に行った。そして、金城屋の目と鼻の先にある呉服屋の手代に絵を見せて問うと、先代あるじの後妻、おふうだと言う。

若い手代に礼を言った小五郎は、念のため近くの菓子屋を訪ねて確かめると、やはり、おふうに間違いなかった。

「おふうさんがどうしたのです」

町人の身なりをしている小五郎に遠慮なく問う中年の女将に、怪しい者じゃありませんからと笑顔を作り、ふたたび広尾に走った。

別宅に行くと、おふうを見張らせていた配下の者が小五郎の前に現れた。

「今、古東武太夫が来ております」

「女と二人きりか」

「はい」

生垣から中を見ることはできない。

配下が近づいて小声で告げる。

「昼間から酒を飲み、女を抱いております」

「やはり、古東の妾だったか」

家来だった権兵衛の妹を金城屋の後妻に入れたのは、古東に違いないと睨んだ小五郎は、配下を引きあげさせ、左近に報告するべく浜屋敷へ戻った。

九

小五郎の話を聞いた左近は、海を眺《なが》めながら考えをめぐらせた。

「家来である権兵衛の妹おふうを金城屋に入れたあとで、運よくあるじが身罷《みまか》る偶然はあるまい。辻斬りも、古東の筋書きと見た」

左近は、大杉家の長男を想う。

「哀《あわ》れな兄妹の兄が自害したことにも、関わりがあるはずだ。古東に気づかれぬよう権兵衛を捕らえ、ここへ連れてまいれ」

「ただちに」

小五郎は走り去った。

左近は海辺の庵《いおり》に入り、一人で茶を点てた。

本丸御殿で見た古束は、終始穏やかで、悪事を働くような面構《つらがま》えには見えなかった。

小五郎が述べたように、己の妾にしている家来の妹を使い金城屋を乗っ取ったのならば、許しがたい所業だ。

民の手本となるべき立場の旗本が、金の亡者となって悪事を働く。

そのようなことはあってはならぬが、いつまでもなくならぬことに、左近は気が重くなるのだった。

小五郎が戻ったのは、半刻《はんとき》（約一時間）後だ。

小五郎の手の者に知らされて庵を出た左近は、葵の御紋が染め抜かれた黒羽二重《くろはぶたえ》に灰色の袴という出で立ちで、御殿の裏庭に面した広縁《ひろえん》に立った。

地べたに正座している三十歳の男は、左近を見るなり平伏した。

「そのほうが権兵衛か」

「はは」

「徳川綱豊である。まずは、本名を名乗れ」

少しだけ逡巡したのちに、権兵衛は答えた。

「栖本権兵衛にございまする」

「栖本、そのほうを連れてこさせたのは、古東武太夫に関わることと申せば、察しがつこう」

目を泳がせた権兵衛は、黙ったままだ。

左近は続ける。

「では、大杉智之輔と、その家族についてと申せばどうだ」

権兵衛は左近の目を見たが、それは一瞬で、下を向いて何も言わぬ。

「余は、ひょんなことから大杉智之輔の弟と妹を、一時《いっとき》この屋敷に留《と》め置いた。古東は、大杉家の者たちに恨まれておるようだが、そのほうが金城屋のあるじになったことと、深い因縁《いんねん》を感じておる」

権兵衛は、辛そうに目を閉じた。

心情を読み取った左近は、諭《さと》すように告げる。

「そのほうに良心の欠片《かけら》が残っておると信じて申しつける。古東に殺された大杉一家のために、これまで重ねた悪事を包み隠さず話せ」

権兵衛は、不安そうな顔を上げた。

「おそれながら、一家とは、どういうことでしょうか」

「言葉のとおりじゃ。家族四人が、この世を去った」

「智之輔が自害したのは存じております。そのことで、残された三人が仇討ちをしようとしたのですか」

「古東から、何も知らされておらぬのか」

「聞いておりませぬ。何があったのか、お教えください」

父親が返り討ちに遭い、遺《のこ》された智次郎と紗代は、何者かによって惨《むご》い殺され方をしたと教えると、権兵衛は途方に暮れたような顔をした。

「そんな……」

膝に両手をついてがっくりと首《こうべ》を垂れ、地面にぽろぽろと涙をこぼした権兵衛は、悔しげな顔を左近に向けた。

「すべて、お話しいたします」

涙ながらに打ち明けられたのは、左近が思っていたよりも悪辣《あくらつ》な内容だった。

金に貪欲《どんよく》な古東は、御用達《ごようたし》だった金城屋が大儲けをしていることを妬みに思っていた。そんな折、あるじ正六《まさろく》が後妻を探していると知り、乗っ取りを思いついたのだ。

その筋書きは、権兵衛の妹おふうを後妻に入れたあと、剣の腕を買って家来にしていた大杉家の長男智之輔の忠義心につけ込み、ひと芝居打ったという。古東は智之輔と部屋で二人きりになり、苦しい胸の内を明かす体《てい》で、金城屋のあるじ正六に借財のことで苦しめられている、取り立てに来ては、子もおらぬ、借財だらけの人生を、生きる価値があるのかと言われるのだと、いかにも気を病《や》んだふうに伝えたのだ。

腹を切りたい。

古東がそう打ち明けた時が権兵衛の出番で、古東が脇差を抜こうとするところへ駆け込んで止め、智之輔に、お家のため、殿のために、正六を闇に葬ってくれぬかと、決められていた台詞を述べた。

智之輔は戸惑い、返答に窮《きゅう》していた。

決意をさせたのは、古東の一言だ。

召し抱えた恩を今返さずして、いつ返すつもりだと言われて、智之輔はあるじのために、正六を辻斬りに遭《お》うたと見せかけて暗殺した。

古東の要求はそれだけでは終わらず、命じられるまま金城屋の番頭も殺した智之輔は、笑わなくなったという。

気持ちが揺れ動いている状態の時に、智之輔は、見てはならぬものを見てしまった。

用人と二人で、うまくいったと笑う古東の悪意に満ちた姿を目の当《ま》たりにして、騙《だま》されたと気づいたのだ。罪なき者を殺したことで気を病んでしまった智之輔は、首吊りをして自ら命を絶っていたのだ。

そこまで話したところで、権兵衛は地べたに両手をつき、申しわけないことをしてしまったと、苦しそうに述べた。

左近は、珍しく怒りを面《おもて》に出している小五郎に言う。

「遺された父親と兄妹は、智之輔が命を絶った理由を知って、仇討ちをしようとしたに違いなかろう」

「わたしもそう思います」

「兄妹が頑《かたく》なに口を割らなかったのは、兄のためだったのだ」

左近は瞼《のうり》を閉じた。浜屋敷で過ごしていた智次郎と紗代の、不安そうで悲しげな姿が脳裏に浮かび、助けてやれなかった悔しさが募《つの》る。

目を開けると、小五郎は冷ややかな顔で権兵衛を見据えていた。先ほどから、ひどく嗚咽《おえつ》しているからだ。

左近は権兵衛に問う。

「そのほう、智之輔を騙しておいて、今さら何を泣くか」

「甲州様の御前で、お見苦しい姿をさらしてしまい、申しわけありませぬ」

途切れ途切れに詫びの言葉を発した権兵衛は、大きく息を吸って気持ちを落ち着かせようとしたようだが、しゃべろうとすると、感情が高ぶり声にならぬ。

両手で地面を引っかくようににぎりしめ、左近に悔しげな顔を向けた。

「わたしと智之輔は、友と言える仲でした。その友を裏切り、明るかった家族を地獄の底へ突き落としてしまいました」

「それも、忠義のためと申すか」

厳しく問う左近に、権兵衛は激しく首を横に振った。

「古東に母を人質に取られ、逆らえないのです。妹も、母のために言いなりになってございます」

思わぬ告白に、小五郎が左近を見てきた。

左近は権兵衛に問う。

「偽《いつわ》りではあるまいな」

「わたしは、死を賜《たまわ》る覚悟にございます。母と妹だけは、どうかご慈悲《じひ》を。このとおりでございます」

伏して懇願《こんがん》する権兵衛は、嘘《うそ》を言っているようには見えない。

「母御《ははご》の居場所を知っているのか」

左近が訊くと、権兵衛は伏したまま答える。

「これまで本宅と別宅に探りを入れようとしましたが、知られてしまうと母が危ないと思い、恐ろしくてできませんでした。用人と側近の三人は知っているはずですが、いずれも剣の達人でございますから、わたしでは手出しができませぬ」

「四人をうまく誘い出す手はないか……」

思案する左近の声に、権兵衛が答える。

「用人と側近の三人衆は、月に一度、わたしどもの宴《うたげ》を楽しみに、店の売り上げを取りにまいります」

「宴と申したが、一晩泊まるのか」

「はい。息抜きだと称して騒ぎ、奉公人の女たちに乱暴を働いたりもいたします」

これを聞いて、小五郎が左近に告げる。

「智次郎と紗代をなぶり殺しにしたのは、その四人組ではないでしょうか」

四人とも人相が悪いと小五郎から聞いていた左近は、うなずいた。そして、権兵衛に問う。

「次はいつだ」

「二日後にございます」

「小五郎」

「はは」

「権兵衛をここへ連れてまいったのを、金城屋の者は知っておるのか」

「いえ、一人で外に出たところを捕らえましたから、知られてはおらぬかと存じます」

左近はうなずき、権兵衛に告げる。

「権兵衛、母御を取り戻す策があるゆえ、これから申すとおりにいたせ」

権兵衛は、目を見開いた顔を上げた。

十

金城屋の表から、四人の侍が入ってきた。

月代《さかやき》を整え、濃紺《のうこん》の紋付袴《もんつきはかま》で揃えた姿は、いかにもあるじ持ちの武家であるが、いかんせん人相が悪い。

細面《ほそおもて》のぎょろりとした目の男が、迎える店の者たちに蔑《さげす》んだ目を向け、正面の板の間で平伏している権兵衛のところへ歩む。

「坂尾《さかお》様、お待ち申し上げておりました。ささ、お上がりください」

「うむ。今宵《こよい》も楽しませてくれよ、権兵衛」

古東家用人の坂尾は上機嫌に言うと、刀を鞘ごと抜いて板の間に上がった。

三人の配下が続き、廊下を抜けて奥の大広間に入った。

そこには、いつもの酒宴の支度はされておらず、畳が裏返され、白い布が敷かれていた。

四つ並べられた三方《さんぼう》には、白い紙の上に、抜き身の小刀が置かれている。

切腹の支度を見た坂尾が、眼光を鋭くして刀の鯉口《こいぐち》を切る。

「権兵衛、これはなんの真似《まね》だ」

配下の三人が権兵衛を囲み、坂尾が厳しく問う。

「なんの戯《たわむ》れかと訊いておる！」

権兵衛は一歩も引かず、坂尾を見据えた。

「ここで腹を切るか、母の居場所を教えるか、お好きなほうをお選びくだされ」

坂尾は鯉口を切っていた刀を鞘に押し込み、声を高くして笑った。

「次はおもしろい趣向を用意しておけと言うたが、おぬしにしては上出来だ。もう十分笑わせてもろうた、酒を持ってまいれ」

権兵衛は微笑んで頭を下げ、三人の配下の囲いから出たところで、真顔で向きなおる。

「戯《ざ》れごとではござらぬ。どうか、母の居場所をお教えくだされ」

坂尾が笑みを消した。

「貴様、死にたいのか」

「坂尾殿、古東武太夫は、もはやこれまでですぞ。悪事のすべてが、甲州様のお耳に入ったのです」

坂尾は目を見張った。

「今、なんと申した。甲州様じゃと」

「いかにも」

「貴様、どうかしてしまったのか。妄言《もうげん》を吐くでない」

「妄言ではないぞ」

廊下でした声に、四人が顔を向けた。現れた藤色の着物の浪人に、坂尾が鋭い目をする。

「何者だ」

問う坂尾に、権兵衛が告げる。

「このお方が、甲州様です」

油断なく、左近をまじまじと見た坂尾は、声を高くして笑った。そして怒気《どき》を浮かべ、権兵衛を睨んだ。

「つまらぬ芝居が、わたしに通用すると思うな。権兵衛、いい加減にしろ。母御がどうなってもよいのか」

「嘘ではありませぬぞ！」

「もうよい！」

怒鳴る坂尾に、左近が問う。

「大杉智次郎と紗代を殺《あや》めたのは、そのほうらか」

堂々たる物言いに、坂尾は動揺した。

「はて、なんのことか」

そう言いつつも刀の鯉口を切っていた坂尾は、配下に振り向くと見せかけ、抜刀術《ばっとうじゅつ》をもって左近に斬りかかった。

騙し討ちで腹を一閃せんとした坂尾であったが、刃《やいば》は届かぬ。

安綱を半分抜いて止めた左近は、坂尾の目を見据える。

金鎺《きんはばき》に刻《きざ》まれた葵の御紋を見た坂尾の顔から、血の気が引くのがわかった。

「てやっ！」

気合をかけた配下が、右側から斬りかかった。

左近は引いてかわし、空振りから返す刀で斬り上げる相手の太刀筋を見抜き、安綱を抜いて一閃する。

手首に深手を負った配下は悲鳴をあげて倒れ、激痛に耐えかねてのたうち回った。

恐れて下がる坂尾に迫る左近の背後から、別の配下が無言で斬りかかる。

殺気に応じて、左近が振り向きざまに安綱を振るう。

袈裟《けさ》斬《ぎ》りにせんとしていた配下は胴を峰打ちされ、気を失って倒れた。

左近は、刀を振り上げた三人目の配下に切っ先を向けて出端《ではな》をくじいた。

一旦間合いを空けたその者が、気合をかけて斬りかかる。

左近は、相手が刀を打ち下ろすより先に安綱を振るい、額を峰打ちした。

雷《かみなり》に打たれたように背中を反《そ》らせた相手が、仰向けに昏倒《こんとう》した。

左近は、息を呑《の》んでいる坂尾に向く。

「まだ観念せぬなら、葵一刀流《あおいいっとうりゅう》が斬る」

安綱の柄を転じて刃を返すと、恐れおののいた坂尾は、刀を捨てて庭に駆け下り、額を地面に当てて詫びた。

「甲州様、どうかお許しください。大杉智次郎と紗代を殺めたのは、そこの三人でございます。それがしは、広尾には行っておりませぬ」

左近は厳しく問う。

「権兵衛の母御は、どこにおる」

「古東家の本宅に、閉じ込めてございます」

「では、そのほうが案内いたせ」

「はは」

「小五郎」

声に応じて小五郎が現れ、観念した様子の坂尾に縄を打って立たせた。

左近が権兵衛に言う。

「母御を迎えにゆくぞ」

権兵衛は涙を流して、頭を下げた。

古東武太夫は、自室で小姓を相手に将棋を指しながら、難しい顔をしている。

「権兵衛の母御は、おとなしゅうしておるか」

「はい。ですが、食欲が落ちており、弱ってございます」

「あの者がおらねば、権兵衛とおふうを操れぬ。あと一年は生かせ」

「薬師《くすし》に滋養《じよう》の薬を届けさせます」

「少々の金はかかってもよい。よう効く薬を飲ませろ」

穏やかな笑みを浮かべた古東は、人の気配がする庭に顔を向けた。

屋敷を守っているはずの家来が、額を押さえてよろよろと姿を現すと、倒れ込んで告げる。

「殿、大変です……」

慌《あわ》てているため、何を言っているのか聞き取れない古東は、廊下に出た。

「落ち着いて話せ。額の傷はどうしたのだ」

「甲州様が……」

家来が声をあげた背後で呻き声が響き、別の家来が庭に飛ばされて倒れ込んだ。

黒装束《くろしょうぞく》をまとった三人の忍びが現れ、呆気《あっけ》に取られている古東の前に立ちはだかる。

「貴様ら、何者だ」

藤色の着物を着た左近が広縁に歩みを進めると、古東は指差した。

「おぬしは、広尾の……」

「覚えておったか」

左近が言うと、古東は鋭い声で問う。

「これはなんの真似だ」

「あの時、大杉彦三郎殿が命を落としたことで、子供らに逆恨みされて襲われたのだ」

「何……」

「余が大杉家に関わったおかげで、そのほうの悪事を知ることができた。古東武太夫、そこへ神妙になおれ」

古東は穏やかな目を吊り上げ、表情を一変させた。

左近が言う。

「こうして改めて見ると、悪人面《づら》をしておるな」

「貴様、何者だ」

「殿！」

声に顔を向けた古東の前に、金城屋に行ったはずの四人が、縄を打たれた姿で突き出され、黒装束の者たちによって正座させられた。

坂尾が、古東に告げた。

「殿、このお方は甲州様です」

「なんと！」

古東は愕然としたが、ひれ伏さず、よろよろと下がった。

「馬鹿な、どうして甲州様が……」

左近は厳しい顔で告げる。

「広尾には、余の友を訪ねるべく足を運んでおったのだ」

権兵衛が母親に肩を貸して来たのを目にとめた古東は、もはやこれまでと、きつく目を閉じて、その場にへたり込んだ。

「醜《みにく》き金の亡者になり下がったそのほうの悪事の数々、決して許されまい。屋敷は余の手の者が見張っておるゆえ、おとなしく沙汰《さた》を待て」

古東は床に両手をつき、気の抜けた顔で左近に頭を下げた。

権兵衛から文《ふみ》が届いたのは、古東武太夫に打ち首の沙汰がくだされた二月《ふたつき》後だ。

権兵衛とおふうは、母親を人質に取られ、脅《おど》されて悪事に荷担《かたん》させられたことを考慮され、江戸払《えどばら》いのうえ、栖本の苗字《みようじ》を名乗ることを禁じられた。

要するに、武士の身分を剥奪《はくだつ》されたのだ。

手紙には、母と妹を地獄から助け出してくれた左近への礼と、今は大坂で行商をしながら、三人で穏やかな暮らしを送っていること、暮らしが落ち着き、土地に根を生《は》やすことができたあかつきには、縁者がおらぬ大杉智之輔とその家族の墓を移して、供養《くよう》するつもりだと書かれていた。

読み終えた左近は、閉じ込められてやつれ果てていた権兵衛の母親の姿を思い出し、息災と長寿を祈るのだった。

第四話　陰膳《かげぜん》の女

一

新見左近は、桜田の屋敷で間部詮房と政務に勤《いそ》しみ、夕方には早々に、奥御殿に戻った。

着替えをしてくつろいでいると、皐月《さつき》が廊下に正座し、両手をついた。

「殿、本日より輝子《てるこ》を、仕《つか》えさせまする」

新しき者が奥御殿女中として入ったのは聞いていたが、左近に仕えさせる前に、皐月が日をかけてみっちりと指導していたのだ。

皐月に促《うなが》されて、矢絣《やがすり》の着物で身なりを整えた娘が廊下に正座し、平伏《へいふく》した。

おとなしそうな面《おも》立《だ》ちに見合う、透《す》き通るような声で名乗った輝子は、皐月に見守られながら、左近に茶菓《さか》を出した。

おこんとは違い、所作《しょさ》も美しい。

そのおこんが、障子の陰からそっと見ているのに左近が気づいて目が合うと、おこんは瞼《まぶた》を見開き、さっと顔を引いた。

三つ年下の輝子が失敗をしないか心配しているに違いないと思った左近は、おこんの態度がおかしくて笑いが出そうになったが、己のことを笑われたと輝子に勘違いさせまいとして、ぐっとこらえた。

茶を一口飲み、ねぎらいの言葉をかけてやると、輝子は安堵《あんど》したような顔で頭を下げ、廊下に出ていった。

外には真衣《まい》もいたのだろう、三人の明るい声が遠ざかる。

皐月は廊下を見て、あの子たちは、とこぼして、左近に申しわけなさそうな笑みを浮かべた。

「奥御殿が、よりにぎやかになってよいではないか」

左近がそう言って笑うと、皐月は頭を下げ、おこんたちのところへ戻った。

入れ替わりに来たのは、又兵衛だ。

「殿、ただいま戻りました」

登城していた又兵衛は、左近の前に正座するなり両手をついて身を乗り出す。

「幕閣の者に探りを入れましたが、養嗣子《ようしし》を綱教殿にするか、上様の腹はまだ決まっておらぬようですぞ」

まだ望みはある、とは口に出さぬが、又兵衛の表情はすこぶる明るい。

左近は言う。

「柳沢殿の話では、新年の参賀《さんが》に集まる諸大名に披露《ひろう》するため、年内には西ノ丸《にしのまる》に入らねばならぬそうだ。この時点で内示を受けておらぬのだから、余《よ》はあり得ぬぞ」

すると、又兵衛は不服そうな顔をした。

「その話の折に柳沢殿は、殿だとは申されなかったのですか」

「一言も聞いておらぬ」

「では、やはり綱教殿で決まりでしょうか」

「もうあきらめろ」

左近が告げると、又兵衛はがっくりと肩を落とした。

「そう気を落とすな。余は、今の暮らしで満足しているのだ。しばらく浜屋敷にまいる」

着替えをするために立ち上がった左近を、又兵衛が見る。その目には、うっすらと涙が浮かんでいた。

二

権八夫婦が暮らす鉄瓶長屋《てつびんながや》は新築されたのだが、地震と疱瘡《ほうそう》のせいで江戸から離れた住人たちが帰ってこず、空き部屋が目立っていた。

そのうちの一部屋に新しい住人が入ったのは、十日ほど前だ。名は樹津《きつ》。歳は二十五歳。

浜屋敷に行く前にお琴に会いに立ち寄った左近が、五人で夕餉《ゆうげ》をとっていると、権八とおよねが樹津の話をはじめたのだ。

黙って聞いている左近に、権八が酒をすすめながら言う。

「どこかこう、翳《かげ》があるんですがね、それがなんとも言えない色気というか、放っておけない気分になるんです」

およねがすかさず、権八の頭をぺちんとたたいて声を尖《とが》らせた。

「みさえちゃんの前で、色気だなんて言うんじゃないよ、まったくもう」

「すまねえ、みさえちゃん。今のはなしだ」

みさえがころころと笑った。

権八がきょとんとする。

「権八さん、叱《しか》られた犬みたいなんだもの」

「ほんとだよう」

およねが笑い、お琴も笑った。

左近は、皆といるところが和《なご》み、自然と笑みがこぼれる。

みさえが、ふと思い出したようにお琴に訊《き》く。

「母様、小菊《こぎく》お姐《ねえ》さんのような人を、色気があるって言うんでしょう」

「そうね」

お琴が軽く答えたのを見て、権八がおよねに問う。

「あれか？　近頃いつも違う男を連れてきて、高い品ばかり買わせると言っていた姐さんのことか」

「そうそう、元芸者の」

「ははあ、みさえちゃんはあれだな、店を手伝っているだけあって、客のことがよくわかってるねえ」

感心する権八に、左近が問う。

「樹津という女性《にょしょう》も、芸者をしていたのか」

すると権八が、自分の顔の前で手をひらひらとやった。

「そっちの色気じゃなくて、雪の中に咲く一輪の花って感じです」

「ほおう、よくわからぬ」

がくっと右肩を落とした権八が、酌《しゃく》をしながら言う。

「一度見ればわかりますよ。長屋が似合わねえ、美しい人です」

「お前さん残念でした。いくら熱を上げても、人妻だよ」

勝ち誇《ほこ》ったように言うおよねに、権八は鼻に皺《しわ》を寄せた。

「別に熱を上げてるわけじゃねえよ。美しいものを美しいと言っただけだ」

「どうだかね、鼻の下が伸びてるよ」

権八が上唇《うわくちびる》をもぞもぞ動かしたのを見ていたみさえが、口を手で覆《おお》って笑った。

権八はそんなみさえににっこりとして、およねに言う。

「だがよ、旦那らしき男を見たことがねえぞ。おめえ、ついに本人と話したのか」

およねは不服そうな顔をした。

「まだあいさつしかできてないよ」

「越してきてもう十日だぜ。おめえにしちゃ珍しいじゃねえか」

「あいさつをするたびに話そうとするんだけどさ、向こうがいやがっているのがわかるんだよ」

権八が酒をぐいっと飲んで、不思議そうな顔をした。

「だったら、どうして人妻だと知ってるんだ」

「お樹津さんの隣に住んでいるお竹《たけ》婆さんから聞いたんだよ。お樹津さんは、毎食陰膳《かげぜん》を欠かさないらしくって、不思議に思って訊いてみたんだってさ。そしたら、旅に出ている夫のためだと言ったらしいよ。お武家だってさ」

権八が身を乗り出す。

「なるほど、あの凛《りん》とした美しさは、武家だからか。だがよ、身に着けている物はくたびれちゃいねえから、浪人の奥方じゃねえぞ。長屋に越してきたのは、わけありってことか」

「そこまでは知らないさ。お前さんが今普請《ふしん》を手がけている長屋塀のように、住む部屋を出されて、仮住まいなのかもしれないよ」

「そいつはあり得るな。てことは、普請が終われば見られなくなるか」

つい出てしまったとばかりに手で口を塞《ふさ》いだ権八は、冷ややかな目を向けるおよねを見ないようにして、左近に酌をした。

左近が杯《さかずき》を口に運んでいると、権八が言う。

「そういえば旦那、今普請に通っているのは譜代《ふだい》の大久保《おおくぼ》様のお屋敷なんですがね。表御殿の屋根を直している時に、江戸家老と殿様の話し声が聞こえてきたんです。鶴姫様がお亡くなりになって、公方《くぼう》様は誰に跡を継がせるか、誰にもおっしゃらないって。あっしはてっきり紀州の殿様だと思っていたんですが、そうじゃあないんですか」

左近は杯を置き、権八に酒を注いでやりながら答える。

「おそらく紀州侯だろう」

「旦那じゃないので？」

「それはあり得ぬ。跡を継ぐ者は年内に西ノ丸に入れるそうだが、何も言われておらぬからな」

「そうですかい。それを聞いて安心しやした。特にお琴ちゃんが」

権八に言われて気づけば、お琴とおよねがじっと見ていた。

左近は微笑《ほほえ》む。

「ほんとうだ。何も言われておらぬ」

そう言うと、およねが大きな息を吐いた。

「ああよかった。みんなで言っていたんです。鶴姫様がお亡くなりになったから、そろそろ左近様に決まるんじゃないかって」

権八が続く。

「そうそう。何せ、左近の旦那になってほしいという声が、巷《ちまた》で広がっていますからね」

左近は皆を見て、真顔で告げる。

「紀州の綱教公は優《すぐ》れた人物ゆえ、よい将軍になろう。おれは、のんびりさせてもらう」

「安心したら、酔いがさめちまいました。旦那、とことん飲みやしょう」

「お前さん、真っ赤な顔をして何言ってるんだよ。明日は朝が早いんだろう。二日酔いで屋根仕事はよしとくれよ」

権八がおよねに手を合わせる。

「嬉しい時くらい飲ませてくれよ。もう一合だけ」

「しょうがないねぇ」

なんだかんだ言いながら熱燗《あつかん》を支度しに行くおよねに、左近はお琴と目を合わせて笑った。

三

左近が浜屋敷に帰って二日後、お琴はおよねとみさえに店をまかせて、町の寄り合いに出かけた。

三島町の神明前通《しんめいまえどお》りを増上寺の方角へ歩いていると、行《ゆ》き交《か》う人の中に樹津を見かけた。

あいさつしかしたことがない女性《にょしょう》だが、改めて見ると、なるほど権八が言ったとおり、表情に翳《かげ》がある。

権八には色気に感じられるのだろうが、一点を見つめて、うつむき気味に歩く姿が、お琴には何か悩みごとを抱えているように見えるのだった。

面立ちは美しく、身に着けている着物に華《はな》はないものの、紺《こん》の色合いは地味すぎず、しっかりとした武家の奥方という雰囲気が漂っている。

通りを横切ってお琴がいるほうへ来たので、近づくのを待って声をかけようとしたのだが、その前に、樹津を人が呼び止めた。

四十代後半の女と、その娘らしき武家の女二人が、立ち止まってうつむく樹津に歩み寄ってゆく。

樹津は、近くにいるお琴が目に入っていない様子で、母娘の前で頭を下げた。

母親が、意地の悪そうな顔をして発した声が、お琴にも聞こえてきた。

「こんなに近くで出会うとは、どういうことですか。あなたまさか……」

「甘いあまぁぁい、甘酒だよ」

振り売りの男が唄いながら横を通り過ぎたため、お琴の耳に届いていた母親の声が遮《さえぎ》られた。

樹津は母親に何も言わずに、頭を下げて去ろうとしたのだが、娘が行く手を塞いだ。

「母上が訊いているのですから、お答えになるのが礼儀ではありませぬか。まだ正式に縁が切れたわけではないのですから。そうでしょ、義姉上《あねうえ》」

強調した言い方が、お琴には意地悪く聞こえた。

樹津は困ったような、弱々しい顔をして、娘と目を合わせようとせずうつむいて黙っている。

その姿がお琴の目には、姑《しゅうとめ》と小姑《こじゅうと》の仕打ちに怯《おび》えて、萎縮《いしゅく》してしまっている嫁の姿のように映《うつ》った。

関係はともかく、この二人の仕打ちが辛《つら》くて、家を飛び出して鉄瓶長屋に逃れてきたのだろうかと思ったお琴は、連れ戻されるのではないかとはらはらしながら見ていたが、二人は一言告げて、蔑《さげす》んだように笑って去っていった。帰ろうとした樹津は、お琴に見られているのに気づいて、恥ずかしそうな笑みを浮かべた。

歩み寄ったお琴は声をかけた。

「大丈夫ですか」

「ええ、慣れていますから」

そう言って足早に帰ってゆく樹津の目には、涙が浮かんでいた。

寄り合いが無事終わり、その後にはじまった宴席《えんせき》を早めに抜け出したお琴は、三島屋に帰った。

みさえの寝顔を見て、世話をしてくれていたおよねに手土産《てみやげ》の菓子を出したお琴は、二人で茶を飲みながら、それとなく樹津の様子を訊いた。

おこしを食べていたおよねが、明るく答える。

「いつもと変わらず、今日も朝から陰膳を作っていたようですけど、何か気になることでもおありですか？」

お琴は、今日のことを話して聞かせた。

するとおよねは、眉間《みけん》に皺を寄せた。

「ほんとうに、姑と小姑ですか。実の親子ってことはないですか」

「それは違うと思うの。母親のほうが別れ際に、息子に見合う娘と添わせるって言ったのを、はっきり聞いたのよ」

「まあ意地の悪い。おかみさんがおっしゃるとおり姑と小姑なら、そんな人たちがいる家で夫の帰りを待つのは辛いってなんてもんじゃありませんよ。お樹津さんはきっと耐えられなくなって、家出をされたんじゃないですかね。なんだか、心配になってきましたよう」

「わたしも気になってしょうがないから、明日、話しに行ってみようかしら」

およねがにやついたので、お琴は不思議そうに問う。

「どうしたの？」

「うふふ、おかみさんのそういうところ、左近様にそっくりだと思って」

「人々の安寧《あんねい》を願われる左近様とは、わけが違うわよ。わたしは、泣いてらっしゃったから、ちょっと気になっただけだから」

「他人様《ひとさま》の幸せを願ってらっしゃるのは、一緒だと思いますけど」

およねはそう言って、おこしを口に運んで、おいしいと微笑んだ。

翌朝、客が増える前に店を出たお琴は、隣の菓子屋の亀甲堂《きっこうどう》へ入った。

辛そうな顔で店番をしていたあるじの亀六《かめろく》に声をかけた。

「おはよう亀六さん」

ぼうっとした顔を上げた亀六が応じる。

「ああ、お琴ちゃんおはよう。昨夜の酒がまだ残っていて、気分が悪いのなんの。何か用かい、って、洒落《しゃれ》じゃないよ」

昨夜の宴会は妖怪の話で盛り上がったのを思い出したお琴は、一人で笑う亀六を愛想《あいそ》笑いで流し、手土産にする饅頭《まんじゅう》を選んだ。

「これは新作だよ。旨《うま》いから、よかったら味を見ておくれ」

商売になると真面目になる亀六がすすめるまま口に入れたお琴は、甘味が抑《おさ》えられ、なめらかな舌触りの饅頭を気に入り、五つ包んでもらった。

渡しながら亀六が問う。

「今日はお出かけかい」

「ええ、ちょっとそこまでごあいさつに」

お琴は詳しくは言わずに、店をあとにした。

新築された鉄瓶長屋は、路地に入ると木の香りがして、前にくらべると明るい感じがする。

権八夫婦の部屋の前を通り過ぎると、井戸端で女房たちが世間話に花を咲かせながら洗濯をしていた。

お琴が笑顔であいさつをすると、古い住人たちは明るく応じ、まだ越してきたばかりの者は遠慮がちな顔をして見ていたが、女房たちから三島屋の女将《おかみ》だと教えられた途端に、まあと声をあげ、羨望《せんぼう》の眼差しを向けてくる。

お琴は腰を低くあいさつをして、およねから教えてもらった樹津の部屋に足を運んだ。

井戸端から奥にある部屋の戸口は、噂好《うわさず》きの女房たちからは見えない。

お琴は、三島屋ですと声をかけた。

中から応じる声は、か細い。

戸に近づく下駄《げた》の音がして、引き開けられた。

泣いていたのか、色白の鼻が赤くなり、睫毛《まつげ》が濡れている。

「急にごめんなさい。昨日お見かけして、まだきちんとごあいさつができていなかったのを思い出しまして。どうぞ、三島屋をよろしくお願い申します」

店の粗品《そしな》だと言って紙入れを差し出すと、樹津は嬉しそうに受け取った。

「美しい色ですね」

淡《あわ》い緑の生地《きじ》に、赤や白の花びらが刺繍《ししゅう》された紙入れは、師走《しわす》になると客に配るため早めに用意していた物だ。

「よろしければお使いください」

「ありがとうございます。嬉しい、大切に使わせていただきますね」

笑みを浮かべる樹津に、お琴は饅頭を差し出した。

「よろしければ、こちらもどうぞ」

「まあ、亀甲堂の……」

「新作だそうです」

「美しい紙入れをいただいたうえに、こんなにいただけません」

恐縮する樹津に、お琴は微笑む。

「どうぞご遠慮なさらずに。亀甲堂さんにはお世話になっていますから、ご紹介を兼ねたほんの気持ちです」

「そうですか。では、遠慮なく。せっかくですから、お茶でもいかがですか」

お琴は遠慮なく応じた。少し強引かと思ったが、樹津のことが心配で、話をしたかったのだ。

部屋には暮らしに必要最低限の物しかなく、およねの部屋と同じ造りのはずなのに広く感じた。

程なく茶を淹《い》れてきた樹津が、饅頭を載せた木の皿を置き、続いて湯呑《ゆの》み茶碗を置くと、向き合って正座した。

「お持たせで失礼ですが」

明るく言う樹津に、お琴は一緒にいただきましょうと誘い、ひとつ取って樹津に差し出した。

ふわふわの生地を割って口に運んだ樹津が、嚙《か》むのをやめて目を見開く。

「おいしい」

「よかった。あるじの亀六さんは、腕がいいんです」

何度もうなずいてみせた樹津が、嬉しそうに微笑む。

「近くにこんなにおいしいお菓子屋があったのですね。早く行ってみればよかった」

一息ついたところで、お琴はさっそく切り出した。

「およねさんから聞いたのですが、陰膳をされているそうですね」

樹津は表情を曇らせたが、それは一瞬で、すぐに笑みを浮かべて答える。

「夫が旅に出ているものですから」

「遠くに行かれているのですか」

「ええ、今はこうして鉄瓶長屋でお世話になっていますが、夫が迎えに来れば、帰らなくてはなりませぬ」

「間違っていたらごめんなさい、お武家様ですか」

「いかにも」

樹津は明るくそう言って笑い、すっと真面目な顔になって続ける。

「わたくしは、百石の旗本、大村百介《おおむらひゃくすけ》の妻です」

お琴は驚かずに問う。

「どうして、旗本の奥様が長屋でお暮らしなのですか」

「先ほども申しましたとおり、夫が旅から帰るまでですから」

昨日の二人のせいかと訊きたい気持ちを抑えたお琴は、そうでしたと言って微笑んだ。

樹津が、遠くを見るような目をして言う。

「夫は優しい人で、わたくしが子に恵まれなくとも決して責めたりはせず、縁者の子を養子にもらうことになっているのです」

「ご養子を……。うちも、養女なのです」

樹津がお琴と目を合わせた。

「お店の前を通った時に、可愛らしい娘さんだと思っていたのです」

「ありがとうございます。縁あって引き取りました。腹を痛めた子ではないですが、可愛くて仕方ありません」

樹津は何か訊きたそうな顔をしたが、お琴が待っても言葉にはせず、目を伏せて茶を飲んだ。

沈黙が続き、長居をしてはいけないと思ったお琴は、頭を下げた。

「突然お邪魔をしたうえに、お茶までいただいてしまいました。ご馳走様《ちそうさま》でした」

立ち上がるお琴に続いた樹津が、戸口で頭を下げるお琴に言う。

「また、お話しできますか」

顔を上げたお琴は、満面の笑みで応じる。

「もちろんです。よろしければ、料理屋に昼餉をいただきに行きませんか」

樹津は戸惑いを顔に浮かべた。

「家の外で食事をしたことがないのです」

ためらうように言う樹津を、お琴は無理に誘わず家に招こうとしたのだが、その前に樹津が顔を上げた。

「やはり、行きとうございます。せっかくの、自由気ままな長屋暮らしですから」

お琴は笑って応じた。

「では、今日行きますか」

「えっ、今日……」

急な話で驚いたようだが、樹津は嬉しそうな顔をした。

「行きましょう」

「では、のちほどお迎えに上がります」

お琴はそう言って、一旦帰った。

四

料理屋の手配を終えたお琴は、昼を少し過ぎた頃に樹津を迎えに行き、通りを増上寺の方角へ歩いて最初の四辻《よつじ》の角にある、鳴門《なると》の暖簾《のれん》を潜《くぐ》った。

馴染《なじ》みの店の仲居が笑顔で迎え、客の声が届かない奥の座敷へ案内してくれた。

「お琴様、すぐにお料理をお持ちいたしますが、お酒はいかがなされますか」

「そうね、少しいただくわ」

「はい」

仲居が下がると、お琴は樹津ににこりとして言う。

「今日は嬉しいから、お酒に付き合ってくださいね」

樹津は戸惑いつつも、拒《こば》みはしなかった。

程なく来た仲居が、二人に杯を差し出して注ぐ。

お琴と樹津は、互いに微笑んで一口飲んだ。

鳴門の今日の昼の膳は、魚や肉をいっさい使わない料理が並んだ。

公方様に遠慮して、というのが仲居の言葉だった。

鶴姫を喪《うしな》った悲しみは深いと左近から聞いていたお琴は、江戸で評判の鳴門らしい計らいだと思いつつ、料理を楽しみに来る客を失望させぬ工夫に感心した。

「このお料理、ほんとうにお魚ではないのですか」

そう言ったのは樹津だ。

白身魚の照《て》り焼《や》きとしか思えない味なのだが、仲居は、豆腐とおからで作っているのだと教えた。

感心した樹津はもう一口食べ、おいしいと言って微笑んだ。

仲居が下がるのを見届けた樹津が、箸《はし》を置いて、背筋を伸ばしてお琴に向く。

「お琴さん、よろしければ、わたくしと友人になっていただけませぬか」

「もちろん、喜んで」

快諾《かいだく》するお琴に、樹津は安堵の息を吐き、銚子《ちょうし》を向けた。

両手で杯を持って受けたお琴は口に運び、少しだけ飲んだ。

樹津は銚子を置き、お琴が注ごうとするのを断ると、改まって顔を見てきた。

「お琴さん、時々訪ねてこられるお武家様とは、どういう仲なのですか」

思わぬ問いを向けられたお琴は、樹津の顔を見た。

樹津が照れたような顔をうつむける。

「不躾《ぶしつけ》をお許しください。裏から入られるのをお見かけして、気になっていたもので」

「いいんですよ。あのお方は、新見左近様とおっしゃって、わたしの想い人です」

身分のこと以外は隠さず教えたお琴に、樹津はまっすぐな目を向けてくる。

「夫婦にならないのですか」

「ええ、そのつもりはないのよ。商《あきな》いが楽しくて可愛い養女もいるから、今のままで幸せだから」

樹津は微笑んだ。

「そのように生きられていいですね。羨《うらや》ましい」

そう言って目を下に向けた時、ほろりと光る物が落ちたのを見逃さぬお琴は、そばに寄って背中をさすってやった。

樹津はごめんなさいと言って気持ちを抑えようとしたのだが、そうすればするほど、感情が高ぶった。

お琴は樹津のこころに深い傷があるような気がして、語りかけた。

「何か、辛いことがあるなら話してみませんか。わたしでよければ聞きますよ」

樹津は、誰にも言えぬ悩みがあったのだろう、肩を抱くお琴の手をにぎり、涙を拭《ぬぐ》った。

「夫は、旅などではなく、妾《めかけ》のところに入《い》り浸《びた》っているのです。もう一年も」

「えっ」

思いもしなかった告白に、お琴は思わず声が出た。そして、疑念をぶつける。

「でもお旗本は、ご公儀に無断で外泊できないのではないですか」

「上役に賄賂《わいろ》を渡して、便宜《べんぎ》を図ってもらっているようです」

「そんな……、でもどうして、長屋に」

樹津は涙を拭い、杯に手酌《てじゃく》をした酒を一息に飲み干した。

そしてお琴に、泣いて赤くなった目を向けて言う。

「姑と小姑から、夫が帰ってこないのはお前のせいだと毎日のように言われ続けました。わたくしは、いつか夫が帰ってくれるものと信じて、黙って耐え忍んでいたのですが、追い出されてしまったのです」

「それで、長屋に」

気の毒に思うお琴だが、夫婦のことだけに、口出しは控えた。

お琴の顔を見ていた樹津は、ふっと笑みを浮かべた。

「でも、もう吹っ切れました。昨日姑に、息子が帰る気になる嫁を迎えると言われてしまいましたから、陰膳もやめます。こうしてお琴さんに聞いてもらったおかげで、気分も晴れました。さあ飲みましょう」

笑顔で杯を渡されたお琴は、心配しつつも、樹津が楽しそうな顔をしているので付き合うことにした。

それからは、他愛のない会話を楽しみながら食事をして、ほろ酔い気分で家路についた。

長屋の木戸まで送っていくと、樹津はお琴に頭を下げた。

「今日は、お誘いいただきありがとうございました。おかげでほんとうに、気分が楽になりました」

何度も言われて、お琴は首を横に振る。

「いいのよ。わたしこそ、立ち入ったことを訊いてしまって、迷惑じゃなかったかしら」

「とんでもない。これに懲《こ》りず、また話を聞いてください。いえ、次はもっと、お琴さんの話も聞きとうございます。今日はお話を聞いて、お琴さんの生きざまに感服いたしましたから、わたくしも、殿方に頼らず、強く生きられるようになりとうございます」

お琴は笑顔でうなずき、近いうちにと約束して別れた。

だが樹津は、三日目の朝には、また陰膳を作っていた。

およねから聞いたお琴は、樹津の辛い気持ちを思うと悲しくなり、夫や、意地の悪い姑と小姑に対し、珍しく腹が立った。

持っていた雑巾《ぞうきん》を思わず床にたたきつけ、ため息をつく。

浜屋敷から三島屋に来たばかりの左近は、店を開ける支度をしているお琴が腹を立てている姿を見て、茶を持ってきてくれたみさえに訊く。

「今日の母上は、恐ろしいな。何を怒っておるのだ」

みさえは店のほうを見て、

「女の敵がいるんですって」

と言って、ぺこりと頭を下げて戻っていった。

みさえまで腹を立てているように思えた左近は身に覚えがないのだが、背中を丸めて茶をすすった。

五

「先日はお琴さんにやめると言っておきながら、わたしは何をしているのやら」

未練がましい自分に呆《あき》れた樹津は陰膳を下げ、残飯を処理して洗い物をはじめた。

陰膳を作ったところで、百介は自分のところには戻らない。

一年前の朝、上役に呼ばれて出ていったきり音沙汰《おとさた》がなくなった夫が、妾の家にいると聞いたのは半月後だ。

家来たちに訊いても、妾とおられますと言うだけで、どの町にいるのかも知らぬらしく、捜させても見つからなかった。

小普請組《こぶしんぐみ》のためお役目もなく、登城もする必要がない家柄のため、屋敷にいてもいなくても、上役さえ目をつむっていれば、お咎《とが》めはないのだ。

優しかった百介に、まさか妾がおろうなどとは思いもしなかった。

夫婦になってから、帰らぬ日はあるにはあったが、上役に連れられてのお役目の手伝いであり、そう信じていた。

今思えば、あの頃から妾がいたのかもしれない。

帰ってこなくなったのは、わたしに、ほとほと嫌気が差してのことだろうか。

皿を洗う手を止めて考えていた樹津は、表の戸をたたく音で我に返った。

「はい」

手拭《てぬぐ》いで手を拭《ふ》き、心張《しんば》り棒《ぼう》をはずそうとして、気になった。

「どちら様ですか」

「奥様、上牧儀左衛門《かみまきぎざえもん》です」

唯一この場所を知っている百介の用人の訪れに、樹津は期待して戸を開けた。

「殿がお戻りになったのですか」

すると、上牧は四十代の痩《や》せた顔を悲しそうに歪《ゆが》め、首を横に振った。

「大奥様が、急ぎお戻りになるようにとのお達しにございまして、お迎えに上がりました」

走ってきたのか、額《ひたい》に汗を浮かせた頭を下げる上牧に対し、落胆した樹津は戸に手をかけた。

「わたくしは、百介殿がおらぬ家に帰るつもりはありませぬ。どうかお引き取りください」

そう言って閉めようとすると、上牧が止め、戸口で正座して両手をついた。

住人が見ているのに気づいた樹津は、慌《あわ》てて言う。

「上牧殿、人が見ています。お立ちください」

「帰ると言うてくださるまで、梃子《てこ》でも動きませぬ」

上牧は頑固者ゆえ、こうなると譲らぬのを知っている樹津は、困って眉尻《まゆじり》を下げた。

「大奥様が、わたくしになんの用がおありなのです」

「詳しくは、ここでは申せませぬ。お家のために、どうかお戻りください」

「お家のためとは、大げさな……」

言いつつも、どうかわすか考えていた樹津に、上牧が顔を上げて懇願《こんがん》の目を向ける。

「奥様がお戻りくださらなければ、それがしは打ち首となりましょう。来年生まれる初孫《ういまご》の顔を見とうございます」

樹津は目を見張った。

「何度も言いますが、わたくしは追い出された身ですよ。夫もおらぬ屋敷に戻れとは、いったい何があったのです」

上牧は平伏した。

「お許しください」

追い出される時も見て見ぬふりをしていた頼りない用人に、樹津は唇を嚙みしめた。

「わかりました。支度をしますから、そこでお待ちなさい」

応じて立つ上牧の前で戸を閉めた樹津は、裏から逃げようかとも思ったが、お家に何があったのだろうかと気になり、鏡の前に座して身なりを整えた。

愛宕権現社《あたごごんげんしゃ》の西側にある屋敷は、百石の知行取《ちぎようと》りに見合う狭い敷地で、母屋《おもや》も小さい。

夫の百介が出ていったのは、大地震の混乱が続く中だった。

幸い、母屋に大きな被害はなかったものの、玄関横の漆喰壁《しっくいかべ》は今でも剝《は》がれ落ちたままだ。百介が大金を持ち出したうえに、姑と小姑の浪費癖《ろうひへき》のせいで内証《ないしょう》が厳しくなり、修復に手が回らないのだ。

欲しい着物が買えぬ母娘の苛立《いらだ》ちが、樹津にぶつけられたとも言えるだろう。追い出されたのは、贔屓《ひいき》にしている呉服屋が持ってきた美しい反物《たんもの》を買えなかった翌日だった。

不安になった樹津は、脇玄関から上がる前に、上牧に振り向いた。

「義母上《ははうえ》と春代《はるよ》殿は、欲しい物を買えなかったのですか」

追い出された日のことを覚えている上牧は、渋い顔を横に振る。

「もっと、深刻な話です」

「ここならばよいでしょう。戻ったのですから、何があったのか話してください」

上牧は石畳に正座し、いかにも気の毒そうな顔をして打ち明けた。

それによると、昨日、百介の嫁にもらおうとしていた相手から、縁談を断られたのだという。

当主の百介が、樹津とまだ離縁をしていないのを相手の家に知られてのことだが、これは、縁談を焦《あせ》った母親、登米《とめ》のせいにほかならぬ。

さらに樹津を驚かせたのは、相手は武家ではなく、商家の娘だということだ。

ここまで話した上牧は、手で口を覆って目を見開く樹津に申しわけなさそうな顔をして、下を向いて黙り込んでしまった。

気持ちを落ち着かせた樹津は、誰もいないのを確かめて、上牧に問う。

「商家の者を迎えようとしたのは、なぜです」

上牧は、返答に迷っている。

言わずとも、樹津には察しがつく。

娘の春代と共に、着物や装飾品に金を使い、内証が逼迫《ひっぱく》しているに違いないからだ。

百介が一年前に大金を持ち出したのも大きいはず。

姑と小姑を想うと、樹津はため息が出た。

「持参金欲しさの、縁談だったのですか」

上牧は両手をついた。

「どうぞ、お上がりください。大奥様がお待ちでございます」

何を言われるのか、不安が募《つの》るばかりの樹津だったが、縁談を進めるにあたり、自分が邪魔な存在なのは火を見るより明らかなこと。

そう思った樹津は、草履《ぞうり》を脱いで脇玄関から上がり、姑の部屋がある奥向きの廊下に足を運んだ。

上牧が先に立ち、姑の部屋の前で片膝《かたひざ》をついた。

「大奥様、奥様が戻られました」

すると、登米が自ら廊下に出てきて、これまで見せたことのない明るい笑みを浮かべた。

「樹津殿、よう戻りました。さっ、遠慮せずお入りなさい」

機嫌を取り、離縁を言い渡すつもりだろう。

樹津は真顔で応じて、姑の部屋に入った。

小姑の春代が上座に対して横を向いて座っており、樹津に目を向けたがすぐに前を向き、不機嫌そうに軽く頭を下げた。

登米は悪い態度の娘を叱ることもなく、樹津に座るよう促すと、上座の茵《しとね》に正座して、じっと見てきた。口には笑みを浮かべているが、目は笑っていない。

春代が横から睨《にら》んでいるのが、場の雰囲気で伝わってきた。

樹津が目を向けると、春代はそらすこともなく、仇《かたき》を見るような目つきをしている。

「これ春代、義姉上《あねうえ》にその態度はなんですか」

登米の言葉に、樹津は驚いた。樹津の前で娘を叱ることなど、これまで一度もなかったからだ。

離縁を申しつけるなら、にべもない態度で突き放せばすむこと。屋敷に戻さなくとも、用人の上牧に離縁状を持たせることもできたはずだ。姑の考えていることが読めず、樹津は下を向いて言葉を待った。覚悟はとうにできている。

すると、口を開いたのは上牧だった。

「奥様、このとおり、お家を救っていただきとうございます」

樹津が廊下に向くと、上牧が平身低頭《へいしんていとう》している。

「樹津殿」

重々しい登米の声に応じて前を向くと、登米は目をつむった。

「百介が大金を持ち出したせいで、内証がどうにもなりませぬ。このままでは、家来たちを食べさせられませぬから、そなたの実家に援助を頼めぬだろうか」

——何を言い出すかと思えば。

登米と春代の浪費癖を知る樹津は、腹に据《す》えかねてうつむき、膝の上で揃《そろ》えていた手をにぎりしめた。

それを見逃さぬ春代が、告げ口をする。

「母上、義姉上は腹をお立てのようです」

すると登米は表情を一変させて不機嫌になったが、すぐさま困ったような笑みを浮かべた。

「勝手を申しているのは重々承知のうえで、頼んでいるのです。樹津殿、お家のためと思うて、実家に頭を下げてくれませぬか」

腹立ちが収まらぬ樹津が返答をせずにいると、春代が唇を歪め、憎々しげに言い放つ。

「そもそも、兄上が戻らぬのは、義姉上のせいではありませぬか」

「これ、お黙り」

止める母に不服そうな顔をした春代は、樹津に両手をついた。

「つい、言いすぎました」

これまで意地悪をしても、一度もあやまったことがない春代を見て、よほど切《せっ》羽《ぱ》詰まっているのがうかがえる。

樹津は上牧に向いて問う。

「援助がなければ、立ちゆかぬのですか」

上牧は何か言おうとしたが、目が登米に向けられた途端に、口を閉じてうなずいた。

実は暮らしには事欠かぬが、贅沢《ぜいたく》を好む登米と春代が、どうしても手に入れたい物があるのではないか。

上牧は、持参金のあてがはずれた登米の命令で、動いているに違いない。

姑と小姑のために、実家を頼ることなどできようか。

樹津は前を向き、毅然《きぜん》と登米を見た。

「実家は代替わりをしており、弟の頼政《よりまさ》には頼れませぬ」

春代が登米に顔を向けた。

登米は娘を見ず、怒気《どき》を浮かべた顔で樹津を睨んだ。

「貰《もら》い手がなかったお前を、大事な跡取り息子に嫁《とつ》がせてやったのはこのわたくしです。その恩を忘れて子も産まぬくせに、わたくしの言うことを聞けぬというのですか」

きつい物言いに、樹津は両手をついた。

「お許しください」

「もうよい。お前が言えぬなら、わたくしから頼政殿に話します」

登米が言うと、春代が怒りに満ちた目を樹津に向けた。

「母上に頭を下げさせるつもりですか」

樹津は平身低頭した。

「弟は跡を継いだばかりで、まだ家が落ち着いておりませぬから、どうか、他を当たってください」

「義姉上は、この家が潰れてもよいのですか」

「追い出された家のために、実家は頼れませせぬ」

春代は怒りを嚙み殺した面持《おもも》ちになり、口汚く吐き捨てる。

「まったく、何ひとつ役に立たない人」

登米がしつこく言う。

「どうしても、わたくしの言うことを聞けぬのですか」

これまでの樹津ならば、黙って従っただろう。だが、お琴の生きざまに憧《あこが》れるようになっていた今は違う。

樹津は顔を上げ、きっぱりと言い放つ。

「役立たずのわたくしは、この家には必要ございますまい。今すぐ、離縁状をいただきとう存じます」

これまで樹津から強い態度を一度も取られたことがなかった登米は動揺し、言葉を失っている。

気が強い春代が怒り、立ち上がって廊下に声を張り上げた。

「誰か！」

用人の上牧が目を見張り、足音がするほうを見た。

侍女が二人来ると、春代が命じた。

「恩を忘れて母上に逆らうこの不埒者《ふらちもの》を、蔵に閉じ込めなさい」

「はは」

応じた侍女たちは、樹津を捕らえに来る。

立ち上がった樹津は手を振り払い、襖《ふすま》を開けて逃げた。

「待ちなさい！」

登米と春代の侍女たちは声をあげて追ってきたが、樹津は廊下に出て足袋《たび》のまま裏庭に下りると、裏木戸に走った。

侍女たちは逃がすまいと追ってくる。

樹津は、母屋と蔵のあいだの細い場所に入ったところで、蔵の壁に立てかけてあった荷車を引き倒した。

道を塞がれた侍女たちが、悔しそうな顔をしている。

樹津は裏木戸から出ると、足袋のまま通りを走り去った。

逃げられたと知った春代は、廊下で侍女たちを罵《ののし》り、登米のそばに寄る。

「母上、どうなさるおつもりですか」

期待していた商家の持参金が入らず、最後の頼みの綱《つな》と望みをかけた樹津にも逃げられ、登米はため息をついた。

落ち込む登米に、上牧が言う。

「おそれながら、卑《いや》しい商人を頼ろうとなされたのが、そもそも間違いなのです。殿も、認められはしませぬ」

「大口をたたいておるが、百介の居場所はわかったのですか」

上牧は背中を丸めた。

登米はわざとらしくより大きなため息をつき、小言を並べる。

「妾などにうつつを抜かす子に育てた覚えはないというのに、どうしてこんなことに」

「すべて義姉上のせいです」

春代が言い、母親の袖を引く。

「このまま行かせて、毎日お粥を食べるおつもりですか。反物も買えないのはいやです」

わがままな娘を叱るかと思いきや、登米は上牧に苛立ちをぶつけた。

「このままでは、この子の嫁入り支度もできませぬ。なんとかしなさい」

まだ縁談も決まっていない娘を口実にする登米に、上牧はほとほと困った様子だ。

春代が、煮え切らぬ上牧にきつく当たる。

「ぼうっとしていないで、人を集めなさい」

上牧は不安そうな顔をした。

「何をなさるおつもりですか」

「決まっているでしょう、義姉上を連れ戻しに行くのです。母上もご一緒ください」

「わたくしもまいるのですか」

驚く登米に、春代は考えがあると言って近寄り、耳元でささやいた。

登米はにやりと笑みを浮かべる。

「それはよい考えです。上牧殿、できるだけ手の者を集めなさい」

「どうなさるのです」

不安げに問う上牧に、母と娘はほくそ笑むばかりで何も教えぬ。

「いいから、言うとおりになさい」

登米に真顔で命じられた上牧は、不承不承《ふしようぶしよう》に従い、配下を集めに向かった。

六

疱瘡《ほうそう》で両親がこの世を去り、弟夫婦に代替わりしている実家に逃げ帰れば、気性が荒い弟は、血を分けた姉のためにことを荒立てるに決まっている。

弟を巻き込みたくなかったため、大村家を追い出されても帰らなかった樹津は、実家の前を素通りして鉄瓶長屋に戻り、戸締まりをして引き籠《こ》もった。

お金のために、蔵に閉じ込めようとするなど、どうかしている。

贅沢への執着が恐ろしくなり、追っ手が来るのではないかと不安になった。

外に出るのが怖くて、日が暮れても明かりを灯《とも》さずにいると、表の戸をたたく音がした。

怯えた樹津は膝を抱えて息を殺し、戸を見ることすらできない。

「樹津さん、琴です」

優しい声に、安堵の息を吐いた樹津は、返事をして土間に駆け下り、心張り棒をはずして戸を開けた。

お琴とおよねが顔を見合わせて、よかったと言い合った。

樹津は、抱きつきたい気持ちを抑えるのが精一杯だった。気持ちに反して笑みを作ると、涙がこぼれた。

およねが言う。

「慌てた様子で帰ってらっしゃったのを見かけて、気になっていたんですよ。店が終わって一旦部屋に戻ろうとしたら、明かりがついていないから心配で、おかみさんと来ました。どこか具合でも悪いのですか」

「いえ、大丈夫です。ご心配をおかけしました」

大村家を出た時は不安が大きかったが、お琴とおよねと出会えた鉄瓶長屋に住んでよかったと、樹津はしみじみと思った。屋敷では寂しい思いをして、誰にも相談できぬ気鬱《きうつ》な日々を送っていただけに、嬉しかったのだ。

お琴が言う。

「樹津さん、よかったら、一緒に食事をしませんか」

「でも、お邪魔では……」

武家の想い人が来ているはずだと思って遠慮する樹津に、お琴が首を横に振る。

およねが口を挟む。

「左近様は、今夜はうちの亭主と煮売り屋で飲んでらっしゃいますから、一緒に食べましょうよ。煮込みうどんで、たいした物はありませんけど」

樹津の腹がぐうっと鳴った。

お琴たちと三人で笑いながら、

「安心したら、お腹が空いてきました」

樹津は言った。

「行きましょう」

お琴に誘われて、樹津は笑顔でうなずいた。

戸を閉め、路地を歩いて三島屋に向かおうとすると、見覚えのある亀甲《きっこう》の家紋が入ったちょうちんの列が、木戸門の前で止まった。

大村家の者たちが来たのだ。

息を呑《の》んだ樹津が立ち止まって身を硬くしていると、武家の駕籠《かご》が三台止まり、そのうちの二台から登米と春代が降りてきた。

お琴が心配そうに声をかける。

「樹津さん、どうかしましたか」

「わたし……」

逃げますと言って後ずさりした樹津は、長屋の路地を戻ろうとしたのだが、裏手の出入り口から路地に入っていた家来たちが立ちはだかった。

お琴が樹津をかばい、およねが大声をあげる。

「あんたたち！　何をする気だい！」

路地の外まで響く迫力に、上牧がびくりとした。

春代に背中を押された若い家来が、およねの前に来ると、

「黙れ！　町人風情《ふぜい》が口を挟むな！」

こう怒鳴り返したが、およねは一歩も引かぬ。

登米がその若い家来を下がらせ、穏やかな笑みを浮かべた。

「樹津を可愛がってくださり、ありがとう。されど、これは当家のことですから、口出しは無用に願います。さあ樹津、帰りましょう」

「いやです」

「こうして皆で迎えに来たのですから、わがままを言うものではありませぬ。一

日働いて疲れてらっしゃる住人の方々《かたがた》の邪魔になりますから、早う駕籠に乗りなさい」

「わたくしは、二度と戻りませぬ。どうぞ、お引き取りくださいさい」

「お家のことを第一に考えてくだされ。このとおりです」

どの口が言うのかと叫びたい気持ちを、樹津はぐっとこらえた。

春代が腹立たしげな顔をして口を出す。

「義姉上、長屋の者が見ている前で、母上に頭を下げさせるとは何ごとですか」

「春代、おやめなさい」

「母上が許されても、わたくしが許しませぬ。何をぼうっとしているのです、この不埒者を早く捕らえなさい」

命じられた若い家来が応じて、腰に手を当てて仁王立《におうだ》ちしているおよねの前に行き、どけと怒鳴って腕をつかんだ。

肉付きがいいおよねは、細身の若者にびくともしない。

むきになった若い家来は、

「どけと言うておろう！」

大声をあげて、およねを突き飛ばした。

尻餅《しりもち》をついたおよねが起き上がろうとすると、家来は刀の鯉口《こいぐち》を切ってみせる。

「これ以上邪魔立てするなら容赦《ようしゃ》せぬぞ」

「およねさん！」

お琴がおよねをかばうため樹津から離れた隙《すき》に、別の家来が樹津の腕をつかんで捕らえた。

「放して」

抵抗する樹津を、家来たちは乱暴に扱い、駕籠に連れていこうとする。

そこへ、騒ぎを聞いた左近と小五郎、権八の三人が駆けつけた。

「おいてめえら、何してやがる！」

権八が怒鳴り、小五郎が樹津を捕まえている家来の手首をつかんだ。

強い力で骨が軋《きし》み、家来が耐えかねて呻《うめ》き、樹津から手を離す。

左近は樹津の腕を引き、お琴とおよねのところへ連れていった。

およねが言う。

「左近様、この人たちが、いやがるお樹津さんを無理やり連れ去ろうとしました」

すると、登米が反論した。

「家出をした嫁を連れ戻して何が悪いのです」

「嘘《うそ》です」

樹津が声をあげた。

「戻れば、実家に援助を頼むまで蔵に閉じ込める気でしょう」

お琴とおよねが驚いている。

「樹津さん、そうなの」

問うお琴に、樹津はこくりとうなずいた。

左近がお琴たちを背中に守り、武家の者どもと対峙《たいじ》した。

「今日のところは、おとなしゅう去れ」

若い家来が抜刀《ばっとう》した。

「浪人風情が、旗本家に指図するとは何ごとか」

「何言ってんだい！」

「そうだ、聞いて驚くなよてめえら！」

長屋の住人たちが見ているため、身分を明かそうとする権八を止めた左近は、
若い侍に言う。

「分《ぶん》をわきまえず、当主の奥方に抗《あらが》うのか」

「問答無用！」

血気盛んな若侍は、お家の体面を保つため左近に斬りかかった。

安綱を抜いて刃《やいば》を弾《はじ》き上げた左近は、切っ先を相手の顎《あご》に突きつける。

目を見張って動けぬようになった若侍を助けんと、春代が他の家来たちに叫んだ。

「お前たち、何をしているのです。早くなんとかしなさい」

上牧が弾かれたように背筋を伸ばして、配下に号令する。

「この不埒者を取り押さえよ。斬ってはならぬぞ」

応じた家来たちは刀を抜き、峰《みね》に返して左近に迫る。

左近も安綱の柄《つか》を峰に返したその隙を狙い、若侍がふたたび斬りかかった。

「やあっ！」

気合をかけた若侍が袈裟《けさ》斬りに打ち下ろす刃をかわした左近は、空振りした相手の右肩を打つ。

一撃で気を失った若侍を見もせぬ左近は、続いて刀を打ち下ろした相手の刃を弾き上げ、胴を打つ。

呻いて腹を抱えた相手が、横向きに倒れた。

木戸の外に旅装束《たびしょうぞく》の侍が現れたのは、その時だ。

駕籠の屋根の家紋を見た侍が路地に向き、目を見張って大声をあげた。

「お前たち何をしておるか！　やめい！」

路地中に響き渡る大音声《だいおんじょう》に顔を向けた者どもが、

「殿！」

口々に言い、刀を下げて左近から離れた。

路地に入ってきた侍を見た登米が、

「百介！」

泣き顔をして歩み寄る。

旅装束の百介は、登米の手をにぎって言う。

「旅から帰ってみれば誰もおらぬので留守番の者に聞きました。母上、樹津になんというひどい仕打ちをなさるのです」

春代が駆け寄って告げる。

「兄上違います。悪いのは義姉上《あねうえ》です」

「違う！」

大声に、春代はびくりとした。

百介は樹津を見つけると、母親の手を離して近づき、抱き寄せた。

「黙って出たわたしが悪かった。すまぬ」

「………」

戻ってきてくれた安堵よりも、人に見られているのが恥ずかしい樹津は離れようとしたが、よりきつく抱きしめられた。

左近はお琴と目を合わせて微笑み、安綱を鞘《さや》に納《おさ》めて登米に告げる。

「屋敷に戻られよ」

「口出しは無用」

毅然として言う登米の声に向いた百介が、左近の前に来て頭を下げた。

「家の者がとんだご無礼をいたしました。平にご容赦くだされ」

「よく話をすることだ」

左近が言うと、頭を上げた百介はうなずいたのだが、顔を見るなり目を見張った。綱豊だと気づいたのだ。

「こう……」

甲州様と言おうとする百介を、左近は、百介殿と言葉を被《かぶ》せて止めた。長屋の連中が見ていたからだ。

口を閉じてうつむく百介に、左近が言う。

「奥方を辛い目に遭《あ》わせておるようだな」

「わけあってのことにございます。なんとお呼びすれば……」

「おれの名は新見左近だ」

百介は、左近が市中を出歩いているのを知っているのだろう。心得た面持ちでうなずいた。

「新見殿、話を聞いていただけますか」

「聞こう」

百介は、登米に向く。

「母上も聞いてください」

様子から察した左近が言う。

「深いわけがありそうだな。大将、店の二階を貸してくれ」

小五郎が、どうぞと言って先に立つ。

左近はお琴と権八夫婦を残して、百介と樹津らを促した。

七

それまで飲み食いしていたぶんの代金がただになり、客たちが喜んで帰っていった。

小五郎とかえでが頭を下げて迎える煮売り屋の二階に上がった左近は、上座に正座した。

神妙な顔で左近の前に来た百介が、正座するなり、両手をついて平伏する。

その姿を見た登米と春代が驚き、丸くした目を左近に向けた。

樹津も驚いていたが、百介の背後に座し、夫に倣《なら》い平伏する。

廊下から、上牧の声がした。

「殿、御前のお方はどなたですか」

百介が平伏したまま告げる。

「皆頭《ず》が高い。甲府宰相《さいしょう》、徳川綱豊公であらせられるぞ」

「甲州様！」

悲鳴じみた声をあげた上牧が、床に膝をつく音を立てて座し、平伏した。

登米と春代は慌て、母娘揃って平伏し、がたがたと身を震わせている。

百石の旗本にとって、徳川将軍家の直系である左近は、まともに顔を見ることも許されぬ存在だからだ。

だが左近は、気さくに声をかける。

「皆、楽にいたせ。百介殿、樹津殿、面《おもて》を上げなさい」

「はは」

皆が顔を上げるのを見て、左近は百介に問う。

「話とは、一年も家を空けた理由か」

「はい。黙って出たせいで、このような仕儀《しぎ》になり、まことに申しわけありませぬ」

百介に続き、登米が懇願する。

「まさか甲州様とは露知《つゆし》らず、旗本家に抗う素浪人の無礼を許すまいと、家来たちがとんでもないことをいたしました。何とぞ、罰はわたくし一人にお与えくださりませ」

「母上が決めることではありませぬ」

諫《いさ》める百介に左近が言う。

「この身なりの時は、浪人新見左近ゆえ気にするな。それより、わけを聞こう」

百介は背筋を伸ばした。

「実は、柳沢様から、家の者にも言えぬ密命を受けておりました。旅に出ると告げるのも止められており、おりもしない妾《めかけ》のところにいると見せかけて、密《ひそ》かに江戸を出ました」

柳沢の密命と聞いて、左近は察して問う。

「天領《てんりょう》に繋《つな》がる者に、悟《さと》られぬためか」

「いかにも」

「どこに行っておった」

「西国《さいごく》です。天領を回り、悪事を働く代官《だいかん》がおらぬか探っておりました」

左近はうなずく。

「大地震の混乱の最中、柳沢殿から、天領を案じる声を聞いていた。して、首尾《しゅび》は」

百介は、表情をより引き締めた。

「五人の代官の悪事を暴《あば》き、捕らえました」

「では、多くの民を救ったのだな」

左近が微笑むと、百介も表情を和《やわ》らげた。

「功を認められ、このたび江戸に呼び戻されました。年明けからは、柳沢様の下で働くことになっております」

左近はうなずく。

「西国で手柄をあげた者がおるとの噂は耳にしていたが、そなたであったか」

「おそれいりまする」

「確か、ご加増もあったはず」

「はい。家禄《かろく》千石と、本宅と別宅を新たに賜《たまわ》りました」

「それはめでたい。のう、樹津殿」

樹津は先ほどから、胸がいっぱいのようだ。嬉し涙を流して、左近に平伏した。

「百介、今の話はまことですか」

問う登米に、百介は顔を向けてうなずいた。

暮らし向きの心配がいらなくなり、何より出世を喜ぶ登米と春代に、百介が厳しい顔で口を開く。

「母上のおかげもありますが、樹津の内助《ないじょ》の功《こう》のおかげです。それを、留守の時にいびり倒し、追い出すとは何ごとですか」

小言を言う百介を、樹津が止める。

「甲州様の御前です」

百介は、左近に頭を下げた。

「よい」

左近が許すと、登米が涙ながらに訴える。

「いくら待っても子宝に恵まれぬゆえ、お家の行く末を案じてのことです」

「そうです、兄上。母上は悪くありませぬ」

「お前は黙っておれ」

百介の厳しい声に、春代は口を閉じて下を向いた。

百介が二人に言う。

「子宝に恵まれなかったのではありませぬ。これまでは、いつ屍《しかばね》になるやもしれぬ役目に就《つ》いておりましたゆえ、作らなかったのです」

この言葉に、樹津が驚いた。

百介は樹津に頭を下げた。

「わたしは、家族にも言えぬ役目に就いていたのだ。黙っていてすまなかった。しかしこれからは、城でのお役目になるゆえ、子を作ろう」

恥ずかしそうにする樹津を見てはっとした百介は、左近に向いた。

「申しわけありませぬ」

顔を赤らめて頭を下げる夫婦に笑った左近は、背中を丸めて反省の意を示している登米と春代に目を向けた。

「登米殿と春代殿」

　びくりとして両手をつく母と娘に、左近は真顔で告げる。

「家族仲よういたさねば、お家の繁栄はないものと心得よ」

「甲州様のお言葉、胸に刻《きざ》みまする」

　登米が言い、春代が神妙な面持ちで、左近に平伏した。続いて、樹津の横に行って頭を下げた春代は、涙を流して詫《わ》びた。

「兄上がご公儀から密命を受けているとは思いもせず、義姉上を不甲斐《ふがい》ないと罵り、ひどいことをいたしました。今日からは改心しますから、このとおり、お許しください」

「義母上《ははうえ》、春代殿、顔をお上げください」

　樹津は許したが、百介が厳しく言う。

「次はないぞ。家の安寧を乱す者は許さぬ」

「はい」

　百介は樹津に向いた。

「わたしと、帰ってくれるか」

　頭を下げて頼まれた樹津は、満面の笑みで答える。

「喜んで」

百介は安堵の息を吐いた。

改めて頭を下げた樹津に、左近は微笑む。

「樹津殿」

「はい」

「陰膳のご利益《りやく》があったな」

驚いた顔を上げた樹津は、はいと言って、嬉しげに相好《そうごう》を崩した。

百介が付き添う駕籠に乗り、屋敷に帰ってゆく樹津の幸せを誰よりも喜んだのは、お琴だった。

「ほんとうに、よかった」

駕籠が見えなくなるとそう言って、そっと寄り添うお琴の手を、左近はにぎった。

「およねとそなたがいてくれてよかったと、百介殿が感謝しておったぞ」

権八がおよねの腕をつついて、左近とお琴が手を繋いでいるのを嬉しそうに見ている。

三島屋に戻るべく振り向いた左近とお琴は、後ろでにやにやしている権八とおよねを見て、手を離した。

権八が言う。

「左近の旦那、お琴ちゃんに陰膳を作らせちゃいけませんぜ」

「そうそう。まだまだ、たくさん来ていただかないといけません」

二人に釘を刺された気分になった左近は、お琴と顔を見合わせた。

「では、二、三日泊まるといたそう」

お琴は嬉しそうに笑って、空を見上げた。

「星がきれい」

左近が見上げた時、星がふたつ続けて流れていった。

「今のを見たか」

そう言ってお琴に目を向けると、お琴は空に手を合わせて目を閉じていた。

この作品は双葉文庫のために書き下ろされました。

双葉文庫

さ-38-33

新《しん》・浪人若《ろうにんわか》さま 新見左近《にいみさこん》【十五】

公方《くぼう》の宝《たから》

2023年12月16日　第1刷発行

【著者】

佐々木裕一《ささきゆういち》

【発行者】

箕浦克史

【発行所】

株式会社双葉社

〒162-8540 東京都新宿区東五軒町3番28号

［電話］03-5261-4818(営業部)　03-5261-4868(編集部)

www.futabasha.co.jp(双葉社の書籍・コミックが買えます)

【印刷所】

中央精版印刷株式会社

【製本所】

中央精版印刷株式会社

【フォーマット・デザイン】

日下潤一

ISBN978-4-575-67184-1 C0193

Printed in Japan

佐々木裕一　**不穏な影**　新・浪人若さま 新見左近【一】長編時代小説〈書き下ろし〉

浪人姿に身をやつし市中に繰り出し悪を討つ。その男の正体は、のちの名将軍徳川家宣――。大人気時代小説シリーズ、第二部スタート！

佐々木裕一　**亀の仇討ち**　新・浪人若さま 新見左近【二】長編時代小説〈書き下ろし〉

権八夫婦の暮らす長屋に仇討ちの若い兄妹が転がり込んでくる。仇を捜す兄に助力を申し出た左近だが、相手は左近もよく知る人物だった。

佐々木裕一　**夫婦剣《めおとけん》**　新・浪人若さま 新見左近【三】長編時代小説〈書き下ろし〉

米問屋ばかりを狙う辻斬りが頻発する中、小五郎の煮売り屋を訪れるようになった中年の旅の夫婦。二人はある固い決意を胸に秘めていた。

佐々木裕一　**桜田の悪**　新・浪人若さま 新見左近【四】長編時代小説〈書き下ろし〉

闇将軍との死闘で岩倉が深手を負った。小五郎たちの必死の探索もむなしく焦りを募らせる左近をよそに闇将軍は新たな計画を進めていた。

佐々木裕一　**贋作小判《がんさくこばん》**　新・浪人若さま 新見左近【五】長編時代小説〈書き下ろし〉

改鋳された小判にまつわる不穏な噂と偽小判の存在を知った左近。市中の混乱が憂慮されるなか、老侍と下男が襲われている場に出くわす。

佐々木裕一　**恨みの剣**　新・浪人若さま 新見左近【六】長編時代小説〈書き下ろし〉

同じ姓の武家ばかりを狙う辻斬りが現れた。下手人は説得に応じず問答無用で斬り捨てるという。冷酷な刃の裏に潜む真実に、左近が迫る！

佐々木裕一　**宴《うたげ》の代償**　新・浪人若さま 新見左近【七】長編時代小説〈書き下ろし〉

出世をめぐる幕閣内での激しい対立。政への悪影響を案じる左近だが、己自身をも巻き込む大騒動に発展していく。大人気シリーズ第七弾！

佐々木裕一　新・浪人若さま 新見左近【八】長編時代小説
鬼のお犬様
〈書き下ろし〉

お犬見廻り組の頭に幼い息子を殺された御家人が、西ノ丸大手門前で抗議の自刃を遂げた。胸を痛めた左近は、真相を調べようとするのだが。

佐々木裕一　新・浪人若さま 新見左近【九】長編時代小説
無念の一《ひと》太刀《たち》
〈書き下ろし〉

勅額火事から一年。町の復興が進む中、大火の折に武家の娘が攫われたとの噂を耳にした左近。さっそく近侍四人衆に探索を命じるのだが。

佐々木裕一　新・浪人若さま 新見左近【十】長編時代小説
嗣縁《しえん》の禍《わざわい》
〈書き下ろし〉

将軍綱吉には隠し子がいた⁉ 思わぬ噂を耳にし、これで西ノ丸から解放されるとばかりに喜ぶ左近だが、何者かによる襲撃を受けて——。

佐々木裕一　新・浪人若さま 新見左近【十一】長編時代小説
不吉な茶釜
〈書き下ろし〉

高家の吉良上野介が手に入れた茶釜が屋敷から消えた。この思わぬ騒動が、天下を揺るがす大事件にまで発展し——。驚天動地の第十一弾！

佐々木裕一　新・浪人若さま 新見左近【十二】長編時代小説
すもの縁
〈書き下ろし〉

主家の改易と共に姿を消した赤穂藩の堀部安兵衛たち。友の身を案じる左近の意を汲んだ泰徳は、岩倉らと共に赤穂の国許に向かう——。

佐々木裕一　新・浪人若さま 新見左近【十三】長編時代小説
忠義の誉《ほまれ》
〈書き下ろし〉

未だつかめぬ堀部安兵衛の行方、高まる仇討ちの不安。焦りを募らせる左近に、運命の刻が迫る。元禄の世を揺るがす大騒動、ついに決着！

佐々木裕一　新・浪人若さま 新見左近【十四】長編時代小説
乱《みだ》れ普請《ぶしん》
〈書き下ろし〉

町家の手抜き普請が招く、思わぬ惨事——。そして左近の前に、もう一人の名将軍がついに姿を現す！ 大人気シリーズ、注目の第十四弾！